NOTAIRE EN EAUX TROUBLES

DU MÊME AUTEUR

Aux Presses de la Cité

Romans

L'Escadron (prix Claude Farrère)
La Dernière Rafale
Le Sang des colons (Grand Prix littéraire de Madagascar), *épuisé*
Les Chiens jaunes, *épuisé*
Adieu capitaine
Quand la Légion écrivait sa légende
Un sombre été à Chaluzac (Prix littéraire de la Gendarmerie)
L'Enigme de Ravejouls
Les Frères Delgayroux
Les Corneilles de Toulonjac
L'Affaire Combes
Les Polonaises de Cransac
Le Nœud d'anguilles
L'Agence Combes et Cie
Suicide sans préméditation
Fatale Randonnée
Une famille assassinée
Le piège se referme
Un week-end meurtrier

Documents

La Grande Aventure du 1er REC
Spahis (prix Raymond Poincaré), *épuisé*
La Jeunesse et la Résistance. Réseau Orion
Bataillon Bigeard à Tu Lê
L'Opération Daguet (en collaboration avec Erwan Bergot)
La Légion en Indochine, album, *épuisé*
La Légion en Algérie, album, *épuisé*

A la librairie académique Perrin
Salan (biographie), *épuisé*

Alain Gandy

NOTAIRE EN EAUX TROUBLES

Roman

Polars de France

PRESSES DE LA CITÉ

Production Jeannine Balland

ISBN 978-2-258-08006-5

Un, deux, trois
l'un après l'autre
n'attends rien de moi
Tout se paiera
Je te retrouverai

Prologue

Aimé Parfeuil passa la soirée du lundi 18 octobre sans déroger à ses habitudes particulièrement routinières ; après avoir enfilé le pyjama repassé l'avant-veille par madame Théophile, sa femme de ménage septuagénaire, il fit la tournée de ses portes et fenêtres pour vérifier qu'il avait interdit tous les accès de son trois-pièces cuisine de célibataire, qu'il occupait depuis sept ans. Puis, il mit à tremper son râtelier dans le verre ad hoc, s'allongea sur son lit de solitaire et lut par devoir quatre pages du livre que tout intellectuel se devait d'avoir au moins parcouru, selon son libraire. Le soupir qu'il poussa en refermant *La Troisième Vague* avant d'éteindre sa lampe de chevet fut quasiment le dernier. Trois secondes plus tard, il était mort.

De mort violente. Une balle de 22 long rifle, tirée à bout portant entre les deux yeux, cause généralement des dommages définitifs.

I

Vrai ou faux suicide ?

1

Pour une femme qui approchait de la cinquantaine, elle s'estimait particulièrement séduisante encore. Bien sûr, l'âge de ses soupirants marquait de plus en plus de différence avec le sien. Elle était veuve depuis vingt ans déjà et n'avait pas quitté le milieu de la Royale… Madame Jousquel, dont l'époux, officier des équipages au Xe commando de fusiliers marins, avait été tué au combat dans les Aurès, était restée une des lumières de la garnison de Rochefort. Sa prudence personnelle et la révérence dans laquelle était gardé le souvenir de Robert Jousquel la mettaient à l'abri des ragots qui accompagnent si souvent la réputation des femmes des militaires de l'arrière, esseulées par les missions de leurs maris. Rien de tel pour Raphaëlle Jousquel. La rafale qui avait rayé Robert des effectifs lui avait conféré la qualité de veuve. Une sorte de retraite honorifique dont personne n'eût osé discuter la respectabilité.

Elle avait ses entrées au mess de garnison, était régulièrement invitée aux prises d'armes et aux festivités marquant la fête du commando. Elle s'y montrait toujours assidue, mais réservée, souriante, mais d'une sagesse à décourager les tentatives d'approche des jeunes enseignes séduits par sa silhouette.

Elle avait ainsi réussi à préserver sa réputation dans la ville où elle était restée fidèle aux traditions. Les seules escapades qu'on croyait pouvoir lui attribuer la menaient, disait-elle, à Toulouse où son fils André était pensionnaire chez les jésuites du Caousou. Depuis trois ans, alors que le jeune André était devenu bachelier, il avait quitté la Ville rose, poussé par ses grands-parents paternels, qui avaient assuré le plus clair de son éducation, pour préparer son admission aux Sciences politiques à Paris.

En réalité, sa mère Raphaëlle, qui avait accouché de ce seul fils huit jours après l'arrivée du télégramme annonçant la mort de son père, n'avait guère été présente dans l'existence du bébé. A peine ses beaux-parents, Bretons à principes, avaient-ils concédé que leur bru allât présenter son rejeton à sa famille aveyronnaise. Raphaëlle avait quitté ses parents pour incompatibilité d'humeur et ne tenait pas à se réinstaller auprès d'eux. Une fois revenue à Rochefort, son deuil et sa santé chancelante avaient convaincu la famille Jousquel que leur unique petit-fils serait entièrement pris en charge selon leurs goûts et leurs ambitions. Le pli était pris. Raphaëlle n'en souffrit pas énormément. Du moins pendant la petite enfance d'André. Et, étonnamment, les liens affectifs entre mère et fils non plus.

Plus tard, quand Raphaëlle réussit à arracher au vieux Jousquel le droit d'inscrire l'héritier dans une bonne école, elle décida sur un coup de tête que ce serait à Toulouse et elle prit l'habitude d'aller deux ou trois fois l'an passer une grande semaine près de son fils. Ce qui lui permit d'une part de s'accorder quelques aventures qui restèrent bien sûr ignorées de sa garnison rochefortaise, mais surtout de développer et d'étoffer une sorte de relation avec son fils, assez originale dans les rapports parentaux. Pour l'enfant, l'adolescent, le jeune homme, elle était restée fascinante parce qu'elle était étrangère à l'existence familiale propice aux désenchantements, aux caprices, aux disputes. Avec André elle se montrait toujours gaie, affectueuse, généreuse autant qu'elle le pouvait. Elle essayait de lui donner le goût de ce qu'elle-même estimait convenable, lui conseillant le choix de ses vêtements hors du collège, de ses menus dans les restaurants où elle l'invitait, des spectacles où elle le traînait, d'abord à son corps défendant, plus tard par simple plaisir.

Au cours des conversations animées qu'ils menaient tous les deux, elle s'amusait beaucoup de l'entendre raconter ses rares visites à son grand-père aveyronnais, dont il semblait avoir peu apprécié l'étroitesse d'esprit, qu'il s'efforçait d'excuser par le chagrin d'un long veuvage. Il mettait moins d'animation à évoquer ses vacances en Bretagne, chez son grand-père Jousquel, à Saint-Malo. Là, il citait toujours ses amis bretons de son âge, avec lesquels il avait tout jeunot découvert les joies de la mer, la natation, la pêche, le canotage. Quand elle vint le visiter quelques semaines avant son bachot, il annonça à sa mère que son vieux bourlingueur de grand-père lui faisait cadeau d'un Vaurien. Il était fou de joie :

« Te rends-tu compte ? Un Vaurien ? Rien qu'à moi. Je vais m'inscrire à un club, faire des régates ! Sensationnel ! »

Subitement, Raphaëlle eut enfin conscience du ratage de sa vie de femme, sans parler de sa vie de mère. Quelle formation avait-elle donnée à son fils ? En se remémorant ces dix-sept ans, outre leurs fous rires, leurs sorties, leur bonne humeur et leur entente, qu'avait-elle à son crédit ? Ce qu'avait apporté une mère divorcée, à laquelle un juge aurait accordé un droit de visite. Elle s'était conduite comme une grand-mère gâteau épisodique. Et purement égoïste.

Après ce dernier tête à tête avec sa mère, son examen en poche, André était parti pour Saint-Malo et les plaisirs de la voile. En septembre, le grand-père Jousquel écrivit à Raphaëlle pour lui faire part de l'orientation que son fils entendait donner à la suite de ses études. La missive était assez sèche de ton pour faire comprendre à sa destinataire que sa visite régulière à Paris, où le garçon allait « préparer Sciences Po », serait préjudiciable à sa conception d'un avenir responsable. Moins de huit jours plus tard, une lettre d'André abonda dans ce sens, tempérée par quelques phrases empreintes de tendresse filiale affirmée, qui convainquirent la mère attristée de la nécessité de cette évolution de leurs rapports, qu'elle ne jugeait elle-même que temporaire.

Mère et fils continuèrent ces relations épistolaires à un rythme de moins en moins soutenu, d'abord mensuel puis peu à peu trimestriel. Deux ans plus tard, au milieu de la troisième année de leur séparation, le courrier envoyé par Raphaëlle lui fut retourné par la poste, timbré de la mention « Inconnu à cette adresse ». Le grand-père Jousquel, joint au téléphone par sa bru, parut d'abord embarrassé par l'insouciance de son petit-fils, déclara ensuite qu'André était quelque part en stage itinérant aux Etats-Unis et qu'il ne pouvait être joint. Il s'engagea tout de même à prévenir Raphaëlle du retour de l'enfant prodigue.

Elle dut s'incliner. Mais elle souffrit plus qu'elle ne s'y attendait de cette rupture et chercha désespérément le moyen de reprendre contact avec son fils.

Le commando marine, en ce mois d'octobre, était absent de sa garnison pour une durée indéterminée : quoique sa localisation fût une indiscrétion, interdite aux matelots et aux cadres, la moitié au moins des habitants de Rochefort savait qu'il était parti pour un mois environ à destination du Gabon ou de la Côte d'Ivoire. Seuls quelques effectifs assuraient la garde des cantonnements, sous le commandement de l'officier en second du commando, le lieutenant de vaisseau Pol de Quarantec, qui ne décolérait pas d'avoir été désigné pour cette corvée sans gloire. Sa première occupation, en ce matin du 25 octobre, fut de consulter le courrier officiel que le planton du secrétariat avait déposé sur son bureau. Il fit voler une dizaine de notes de service, d'origines diverses, ministère de la Marine, commandement des unités spéciales, calendrier des stages et des formations prévus pendant le prochain trimestre. Rien de captivant. Ni même d'urgent. Il marcha jusqu'à la porte de son bureau et aboya :

— Tarmoal ! Aucun message encore du pacha ?

Le second-maître Tarmoal se raidit au garde-à-vous.

— Rien encore, commandant ; ils ne sont sans doute pas encore arrivés sur zone. Le service du chiffre m'a dit qu'il ne recevrait rien avant demain.

Décidément, le patron était de mauvaise humeur. Au moment où il allait claquer la porte de son antre, le second-maître osa ajouter un complément d'information :

— Commandant ? Que dois-je faire du courrier que nous a expédié le commissariat de police de Villefranche-de-Rouergue ?

— Keksekça ? s'étonna Quarantec. Encore une histoire de scandale dont on accuse un de nos matelots ?

— Je ne crois pas, commandant. Il s'agirait de madame Jousquel. Je crois qu'elle travaille au musée de la Marine, place de la Galissonnière.

— Je connais l'adresse du musée, merci, coupa l'officier toujours à cran. Et que dit ce poulet du commissariat de ce trou perdu ?

— Je n'ai pas cru devoir l'ouvrir, commandant.

— Passez-moi ça.

Tarmoal se hâta d'obtempérer et tendit au vice-pacha une enveloppe à en-tête imprimée bardée de tampons de la République, adressée à madame Jousquel, aux bons soins du commandant du 10e commando marine, 17300 Rochefort.

Quarantec déchira le bord de l'enveloppe sans beaucoup de révérence, parcourut d'un œil attentif l'unique page qu'elle contenait et sacra avec le vocabulaire du capitaine Haddock.

— Ces sacrés fonctionnaires ont une délicatesse de croque-morts ! Bachi-bouzouks !

Comme si cette explosion l'avait calmé, il s'accorda quelques secondes pour contempler le second-maître Tarmoal, figé devant son bureau, le regard fixé sur la ligne d'horizon.

— Vous allez appeler madame Jousquel et lui dire que le lieutenant de vaisseau de Quarantec serait très honoré de l'avoir à sa table à midi et demi, si l'heure lui convient, au mess de garnison. Si elle accepte, prévenez le gérant du mess que je déjeunerai pour une fois dans sa cambuse. Une table pour deux et pas au milieu du troupeau.

Tarmoal s'était-il permis un sourire en pensant que le commandant avait retrouvé sa bonne humeur à l'idée d'un tête à tête avec une jolie veuve ? Le patron le fusilla du regard.

— Mon garçon, je vous conseille d'être prudent et de ne pas manifester vos impressions à tout bout de champ. Rompez !

Après être reparti dans son secrétariat et avoir refermé la porte du saint des saints, le second-maître, qui ne souriait plus, s'oublia jusqu'à murmurer une exclamation insultante concernant le caractère impossible de son supérieur :

— Une vraie peau de vache !

En l'absence de quatre-vingts pour cent des cadres du commando marine, la grande salle à manger du mess de garnison n'était occupée que par une douzaine d'officiers de l'armée de terre, permanents des services de la place. Après être venus saluer à sa table le commandant provisoire du commando, ils étaient allés rejoindre leurs places habituelles, qui constituaient ce que Quarantec appelait cavalièrement « le troupeau »... Un vague brouhaha de conversations montait de ce petit groupe, fond sonore indistinct qui ne troublait pas la rêverie du lieutenant de vaisseau, accoudé devant un pastis.

A midi trente précises, la salle entière fit silence, comme pour saluer l'arrivée d'un nouveau convive. Tout le monde la connaissait, au moins de nom et de vue. Madame Jousquel, veuve d'un officier des équipages et présentement chargée, au musée de la Marine, de la publicité concernant les expositions temporaires, était une personnalité. Discrète et, malgré sa perpétuelle élégance, décourageant les ragots. Aussi le groupe des permanents du mess suivit-il d'un œil intéressé cette jolie femme en tailleur gris clair que le gérant escortait jusqu'à la table au bord de laquelle s'était dressé monsieur de Quarantec. Quel rendez-vous étonnant ! Toujours prêts à s'inventer des intrigues, quelques ricaneurs systématiques chuchotèrent qu'il devait exister une liaison entre la veuve apparemment sage et le marin. Celui-ci, bien connu pour son caractère violent, les fit taire d'un regard menaçant qui eut au moins le mérite de tuer dans l'œuf l'invention de détails supplémentaires. Le troupeau reprit lentement ses anodines histoires de service.

— Pardonnez-moi de vous avoir fait venir dans ce conservatoire à potins. Le temps pressait et je ne pouvais attendre pour vous transmettre une mauvaise nouvelle, dit Quarantec en achevant d'installer son invitée.

Raphaëlle sourit à ce qui pouvait passer pour un madrigal.

— Cher monsieur, dit-elle, j'ai appris depuis longtemps à ne pas me soucier des conversations venimeuses qui naissent à plaisir dans une ville de garnison. J'ai pratiquement vingt ans de plus que vous. Laissez donc quelques crétins imaginer je ne sais quoi. D'ailleurs, vous n'êtes pas mon type d'homme, acheva-t-elle en éclatant de rire.

L'air sérieux de son vis-à-vis, qui la fixait de manière gênante, la ramena au calme.

— Vous avez parlé de mauvaise nouvelle ; dites-moi de quoi il s'agit. Mon fils aurait-il fait une mauvaise rencontre en Amérique ?

Un vacillement dans le regard, qui révélait l'inquiétude de cette femme si maîtresse d'elle, rendit à l'officier la conduite de la conversation. Manifestement, elle venait d'exprimer sa crainte la plus angoissante. Rien d'autre ne pourrait la toucher davantage. Il se lança, avec la prudence d'un explorateur inexpérimenté de l'âme féminine.

— Non, madame. Il ne s'agit pas de votre fils. J'ignorais même que vous aviez un fils. Mais j'ai reçu un courrier du commissariat de Villefranche-de-Rouergue. Il s'agit de monsieur votre père. Il serait décédé à son domicile, dans des circonstances assez exceptionnelles, qui obligent le commissaire à solliciter votre présence à Villefranche. Etiez-vous la seule famille qui lui restait ?

— En effet, répondit Raphaëlle, à nouveau froide comme un glaçon. Il y a plus de quinze ans que nous ne nous parlions plus. Avez-vous quelques détails concernant ces circonstances particulières ?

Quarantec ne pouvait s'empêcher de constater que madame Jousquel faisait preuve d'une maîtrise extraordinaire de ses sentiments. Ce matin, la seule lecture de l'avis du commissariat lui avait paru pour le moins manquer d'un minimum de délicatesse. Il hésitait maintenant à en répéter les termes brutaux.

Son invitée, consciente de sa gêne, chercha à l'encourager.

— Je vous assure que les ponts qui me reliaient à mon père étaient coupés depuis longtemps. Vous pouvez tout me dire !

— Eh bien, se résolut à avouer le lieutenant de vaisseau, il semblerait que monsieur Aimé Parfeuil ait été assassiné chez lui, à la nuit, lundi ou mardi dernier.

Le visage de la veuve, penchée sur son assiette de hors-d'œuvre, se crispa imperceptiblement.

— Sont-ils certains qu'il ne s'agissait pas d'un suicide ?

Quarantec se sentit brusquement libéré de ses scrupules. Il n'allait pas se montrer plus royaliste que la reine.

— Ils disent n'avoir pas trouvé d'arme. On se suicide rarement, seul, d'une balle de carabine 22 long rifle tirée en plein front, à bout portant.

Cette fois, comme si le mess avait été vidé des membres bavards du troupeau, Raphaëlle posa sa fourchette et resta figée devant le masque durci qui lui faisait face. Elle balbutia quelques mots, sans doute de remerciements, dont il ne comprit goutte.

— Excusez-moi, dit-il un peu honteux de la rudesse de sa réplique. Nous n'avons eu jusqu'à présent que de rares occasions de nous rencontrer. Mais je sais par expérience ce que c'est qu'un coup dur et je tiens à saluer votre courage. Si les services du commando peuvent être de quelque utilité, dites-le-moi. Que comptez-vous faire ?

Elle se força à sourire, assez misérablement.

— Pardonnez-moi, mais je crois ne plus pouvoir avaler quoi que ce soit à présent. Je vais retourner au musée, demander huit jours de congé au conservateur et aller prendre mon train à La Rochelle.

— Je suis désolé d'avoir été porteur d'une aussi triste nouvelle. Rappelez-vous que je suis à votre entière disposition si vous avez besoin de moi.

Raphaëlle Jousquel était déjà debout, sac sous le bras, et tendait la main à l'officier. Dressé à son tour, il s'inclina pour un baise-main.

2

Madame Théophile avait eu, suivant sa propre expression, un choc aussi violent que celui qu'elle avait éprouvé le jour où le maréchal Pétain avait demandé l'armistice en 1940. A l'époque, bien qu'elle fût déjà veuve et sans enfant, elle avait ressenti viscéralement cette annonce, entendue sur son poste de TSF, comme une blessure personnelle et n'avait jamais pardonné ensuite ce qu'elle appelait encore, quand on lui en parlait, les errements de Vichy.

Quarante ans plus tard, elle était confrontée au même sentiment d'injustice à son égard. Pourquoi ce vieillard exigeant et maniaque, qu'elle supportait une journée par semaine quand elle allait faire son ménage, lui avait-il fait la surprise de son assassinat ? Car le spectacle qu'il lui avait réservé ne lui avait laissé aucun doute. Le corps rigide d'Aimé Parfeuil, revêtu du pyjama qu'elle avait repassé une semaine plus tôt, commençait à sentir sur le lit à peine dérangé. Le petit trou aux bords noircis qui lui donnait l'air d'un rapace furieux n'avait que peu saigné, comme si l'hémorragie s'était limitée à la croûte séchée qui maculait le traversin sous sa tête.

Le cri qu'elle avait poussé vibrait encore dans son crâne qu'elle s'était déjà reprise. Madame Théophile était une dure à cuire. Elle ressortit de l'appartement, ferma la porte avec les clés de son trousseau et trottina jusqu'au commissariat de police pour faire part du décès de son employeur.

Confrontée à l'activité assez languissante du personnel du commissariat, qui ne retrouvait généralement son tonus qu'après l'arrivée dans ses bureaux du commissaire Battioli, vers dix heures du matin, madame Théophile, après avoir répondu à un planton nonchalant que son cas intéressait le patron et ne pouvait être confié à un vulgaire sous-fifre, accepta de s'asseoir sur une des chaises en pitchpin du hall d'accueil pour attendre le responsable de la sécurité urbaine de Villefranche...

De huit heures et demie à dix heures et quart, surveillée par le regard soupçonneux du planton, qui se demandait ce que cette septuagénaire au ton sec pouvait bien avoir à communiquer au commissaire, elle eut le temps de lire toutes les affichettes qui parsemaient les murs et de dévorer les nouvelles locales des cantons de la sous-préfecture, qui remplissaient les six pages d'un vieil exemplaire du *Réveil villefranchois* traînant sur un tabouret. Tout juste commençait-elle à s'impatienter quand Battioli fit son entrée, avec son habituelle rondeur méridionale, claironnant la même question que les autres matins, qui traduisait son exaspération devant l'absence d'une affaire d'envergure.

— Alors ? Quel crime a-t-on commis cette nuit ?

C'est peu dire qu'il fut estomaqué par le saut que fit hors de sa chaise la vieille dame à lunettes, toute vêtue de noir, dont les petits yeux brillaient d'excitation.

— Eh bien, dit-elle d'une voix grinçante, je suis justement venue vous avertir qu'on a assassiné maître Aimé Parfeuil, notaire à la retraite, que j'ai trouvé ce matin sur son lit en arrivant comme tous les samedis pour faire son ménage.

Elle mit à profit les longues secondes de mutisme qui saluèrent son éclat pour ajouter :

— A mon avis, ça ne date pas de la nuit dernière. Toutes les provisions que je lui avais apportées la semaine dernière sont encore dans son frigo et, à en juger par l'odeur du cadavre, il serait bien temps que vous le fassiez enlever.

— Comment se fait-il que je n'aie jamais rencontré cet ancêtre de son vivant ?

Planté au chevet du lit où monsieur Parfeuil dormait d'un sommeil éternel, le commissaire contemplait ce client avec déplaisir. Il s'était précipité, accompagné de deux inspecteurs et de la femme de ménage, décidé à mener cette enquête tambour battant, et voilà qu'il se trouvait dans un appartement exigu, au standing peu compatible avec la situation sociale d'un notaire, fût-il à la retraite ; le mobilier ne comprenait aucune pièce de valeur qui justifiât un cambriolage ; on ne distinguait aucun signe de lutte ; et madame Théophile avait affirmé une fois de plus qu'elle avait été obligée d'ouvrir la porte d'entrée avec les clés qu'elle tenait de son employeur.

Malgré lui, Battioli en voulait à ce vieillard, qui n'avait pas obligé son assassin à laisser le moindre indice pour orienter ses recherches. Il n'avait même pas le souvenir d'avoir posé une question à la cantonade, et sursauta quand la réponse arriva enfin :

— A dire vrai, ce malheureux vieux monsieur ne sortait plus beaucoup de chez lui depuis qu'il avait vendu son étude. Il était brouillé avec sa fille, et ne recevait que son frère, qui venait le visiter une ou deux fois par mois. Il ne s'intéressait plus à grand-chose. Il ne parlait de sa famille que pour regretter le silence de sa fille, veuve d'un marin, qui vit du côté de Rochefort, et de son petit-fils, qui fait des études à Paris.

— Vous me donnerez les adresses de tous ces gens-là, interrompit le commissaire. Nous allons convoquer tout ce joli monde. Après tout, ce vieux monsieur a été assassiné, et ses proches auront peut-être quelque chose à me raconter. Peut-être même seront-ils intéressés par l'héritage. Savez-vous, par hasard, quel était son notaire ?

— Monsieur le commissaire, je n'étais que sa femme de ménage. Je n'ai pas la liste de toutes les relations de mon patron. Vous trouverez le frère et le neveu dans leur campagne, à Cénac, quelques kilomètres après Villeneuve. La fille doit être en liaison avec le régiment de son défunt mari, en garnison à Rochefort ; le petit-fils, je ne sais pas. Quant à son notaire, j'imagine qu'il a choisi maître Leverrier, qui lui a racheté son étude. Maintenant, si vous en avez fini avec vos questions, j'aimerais bien faire une dernière fois le ménage de cet appartement. C'est fou ce que ces vieilleries ramassent comme poussière d'une semaine sur l'autre.

Elle prit assez mal la réaction du commissaire Battioli, qui avait accueilli cette proposition avec une dérision insultante pour les demeurés qui croient bien faire en essuyant les empreintes digitales ou les traces de pas boueux sur les tapis.

— Contentez-vous de me dire ce que vous avez fait ce matin en arrivant ici et rentrez chez vous. Revenez demain au commissariat pour signer votre déposition.

Il se retint de la remercier pour s'être montrée bonne citoyenne. Oublié de sa hiérarchie depuis plus de dix ans à Villefranche-de-Rouergue, le malheureux commissaire avait perdu le peu de bonne humeur et de civilité dont il avait pu faire preuve quand il avait été affecté à ce poste paisible. Son caractère s'était aigri en même temps qu'augmentait son impolitesse envers son personnel et ceux de ses administrés qui avaient affaire à la police. C'est dire qu'il n'avait aucune considération pour cette petite vieille en sarrau noir qu'il avait réussi à faire sortir de ses gonds. En entendant le bruit de la porte qu'elle claqua violemment derrière elle sans prendre congé, il ricana.

— Messieurs, aux ordres ! appela-t-il en direction de la chambre à coucher où les inspecteurs Deluc et Laforêt tenaient compagnie à la victime.

Battioli n'avait pas une confiance excessive dans les capacités de ces deux jeunes gens, pourtant bien notés à l'Ecole de police, sans encore avoir fait leurs preuves. A ses yeux, ils n'étaient que des *boujadis* dont la formation serait longue et éprouvante. Il les contempla d'une lippe méprisante, le petit Deluc qui ne faisait pas la moitié de son poids, vêtu d'un complet gris émanant des surplus et d'un maillot bleu marine, et le massif Laforêt, d'une placidité horripilante, qui ressemblait à une attraction de cirque dans son pantalon jaune serin et un blouson de toile vert pistache. Le commissaire soupira. Dire que c'était avec « ça » qu'il allait devoir se colleter avec un assassin !

— Laforêt, vous allez continuer à passer au peigne fin la scène du crime. Notez les emplacements des empreintes si vous en remarquez, les taches sur les tapis, la solidité des fermetures. Cherchez les endroits où un étranger aurait pu se cacher avant d'attaquer.

Regardez sous les meubles pour y trouver une douille et essayez de voir ce qui vous paraît anormal dans cet appartement. J'emmène Deluc chez le frère du mort, à Cénac, après vous avoir envoyé le photographe et le technicien des empreintes. Je vous récupérerai à mon retour.

Le regard bleu océan de Laforêt n'avait brillé que le temps d'un éclair et n'alerta pas son commissaire, qui soupira une nouvelle fois.

— Montrez-vous à la hauteur. Secouez votre habituelle indolence, mon vieux...

— Bien compris, patron, assura le *boujadi*, qui savait déjà que ce qualificatif de film policier plairait à l'irascible Battioli.

3

Gaston se sentait patraque, ce matin-là. Peut-être, se dit-il en traînant paresseusement ses pantoufles sur les dalles du hall, fallait-il enfin songer à respecter les prescriptions de régime que le docteur Bourassou lui serinait, visite après visite.

— Vous allez avoir quatre-vingts ans, Gaston, rabâchait ce vieil ami. Vous avez eu une vie active et courageuse qui ne vous a pas ménagé. Dites-vous que votre cœur est aussi usé que votre vieux squelette et que vous devez prendre des précautions. Depuis que vous avez abandonné la gestion de votre domaine à votre fils Philippe, vous vous laissez aller. Vous ne chassez plus, vous n'allez plus voir vos bois. Aucun exercice. Si vous vous imaginez que l'alcool et la fumée de votre satanée pipe vont vous conserver comme les prunes de votre verger, je vous promets que vous ne verrez pas le printemps prochain.

Il en avait de bonnes, l'ami Bourassou ! Il ignorait que le domaine était hypothéqué jusqu'à l'os, que les bois, parcelle après parcelle, avaient été vendus, et que la gestion de Philippe, loin de redresser une situation déjà inquiétante de son temps, l'avait totalement orientée vers la ruine définitive. Son vieil orgueil d'homme de la terre en était malade. Surtout quand il acceptait de revenir sur les années écoulées. Dire qu'il s'était félicité, cinquante-cinq ans plus tôt, d'être l'aîné de son frère Aimé et d'hériter très légitimement de la maison familiale de Cénac, pendant qu'Aimé devait se destiner aux études de droit et à un avenir de notaire. Pourquoi le sort avait-il été si contraire à la branche aînée des Parfeuil ?

Au fil des années, le cadet avait prospéré, rachetant la charge de son premier employeur que son sens des affaires avait amené à une place enviée parmi les études notariales de Villefranche. Bien sûr, il avait payé cette réussite sociale de la mort de sa femme et, plus tard, d'une brouille tenace avec sa fille. Mais lui aussi, Gaston, avait eu son lot d'épreuves. La mort de son premier fils, tué à onze ans par le sabot d'un cheval fou, puis celle de son épouse, morte en donnant le jour à son deuxième fils, Philippe. Sans doute fallait-il dater du jour de cette naissance le commencement du déclin de Cénac.

Quarante-deux ans séparaient Gaston et son rejeton. Ils vivaient ensemble, chichement, s'enlisant dans une rusticité croissante, discutant sans fin de la décrépitude du domaine et des chimériques espoirs d'y remédier.

« Je suis certain, disait Gaston, que ton oncle Aimé est le seul qui pourrait nous sauver. Il n'a plus de famille. Sa fille l'a complètement abandonné. Nous devrions nous rapprocher de lui. Il connaît la maison, il a le sens des affaires. Il doit avoir assez de fortune pour racheter nos hypothèques.

— Et tu crois pouvoir le décider en allant le visiter dans son gourbi de retraité deux fois par mois ? Tu te fais des idées. Il ne t'a jamais pardonné de l'avoir évincé de la maison. Moi, rétorquait Philippe, à mon avis, nous devrions vendre ce qui nous reste. Tu aurais de quoi trouver un petit appartement à Villefranche ou à Villeneuve, et moi je pourrais aller chercher du travail à Toulouse.

— Dans quelle branche ? Tu ne sais rien faire de tes dix doigts !

— Je crois que je tiens ça de toi ! »

Ces joutes répétées se déroulaient de plus en plus souvent, sans qu'ils se décident à choisir entre « bazarder les miettes qui restaient » et « recourir à l'esprit de famille de l'oncle supposé fortuné ». Le jeudi précédent, jour de marché à Villefranche, Philippe avait pour une fois revendiqué la faveur de tenter un essai des pseudo bonnes dispositions de l'oncle. Il avait brossé son seul complet bleu marine, qui lui donnait l'air endimanché, coiffé le moins défraîchi de ses chapeaux de feutre noir, avait demandé à son père les clefs de l'appartement d'Aimé et enfourché sa mobylette, bien décidé à se montrer à son avantage.

« Tu as beaucoup d'allure, avait apprécié Gaston. Bronzé, costaud, presque élégant. Un vrai gentleman farmer ! »

Le retour à Cénac avait été décevant.

« Pour une fois, avait rendu compte le plénipotentiaire, l'oncle était sorti en ville. J'ai fini par le rencontrer sur le cours Saint-Jean, maigre et voûté mais le pas toujours vif. Quand je l'ai abordé, il a daigné me donner la main, s'est arrêté à peine une minute sur le trottoir en me baragouinant que tu devais te faire vieux et que l'hiver allait être rude pour nous en pleine cambrousse. Il a tourné les talons et m'a planté là. Pour un parent proche, et soi-disant bienveillant, tu repasseras ! C'est la dernière fois que je vais sonder ce vieil ours. »

Apparemment, Philippe, amèrement déçu, était résolu à vendre ce qui restait du domaine. Ces dix derniers jours, il avait collectionné des catalogues de transactions immobilières, qu'il compulsait à la veillée. Et Gaston se sentait patraque, comme si l'évidente décision de son fils signifiait sa petite mort.

Il était rare que les nécessités d'une enquête de police justifiassent un déplacement en pleine campagne, qui restait le théâtre d'opérations des brigades de la gendarmerie. En plus de dix ans à la tête de son commissariat, Battioli n'avait eu aucun contact personnel avec quelqu'un de ceux qu'il appelait dédaigneusement des « cambroussards ». Dieu seul savait pourquoi, ce samedi-là, après avoir consulté une carte du canton, il s'était accordé une promenade jusqu'à Cénac. Douze ou treize kilomètres de bonne route ensoleillée, pour un des derniers beaux jours d'automne.

Il stoppa sa vieille Ford sitôt passée la pancarte signalant l'entrée de la bourgade, qui s'ouvrait sur une esplanade de gravier, entourant une massive construction d'un étage accolée à une tour ronde surmontée d'un toit de lauze, qui donnait à l'ensemble un air de gentilhommière. Le commissaire siffla, de surprise.

— Peut-être ferions-nous bien de demander quelques renseignements sur le frère Parfeuil au notable du village, qui habite sûrement ici. Qu'en pensez-vous, Deluc ?

Deluc n'en pensait rien. Il se contenta de hocher vigoureusement sa brosse noire pour approuver le patron.

— Il y a quelqu'un. Le vieil homme qui est assis à l'ombre au pied de la tour. Sans doute un jardinier...

Un orbe savant de la Ford, qui fit grésiller le gravier, les amena à un mètre du vieillard somnolant sur son fauteuil de paille tressée. Celui-ci, vêtu d'un pull-over qui avait été bleu dans sa jeunesse et d'un pantalon de velours non repassé depuis des années, bascula son feutre pisseux sur sa nuque et offrit aux visiteurs ce qui pouvait passer pour un sourire. Moustaches tombantes à la gauloise soulignant un nez piriforme de gros buveur, bajoues veloutées de poils blancs mal rasés, il fixait le visage gras douillet de Battioli apparu à sa portière.

— Mon brave ! Pouvez-vous nous dire où habitent les Parfeuil, père et fils ? Je suis le commissaire de police de Villefranche et j'ai une communication importante à leur faire.

La mine du vieil homme se rembrunit. Il se mit debout lourdement et se campa, appuyé sur une canne d'ancien chasseur, à pommeau d'andouiller.

— C'est bien gentil à vous de vous être dérangé. Vos mauvaises nouvelles pouvaient attendre, vous savez. Gaston Parfeuil, c'est moi. Quatre-vingts ans aux prunes. Je me doutais bien que cette histoire d'hypothèque ne pouvait pas traîner davantage.

Un instant surpris par l'élocution de son interlocuteur, pratiquement sans accent, le commissaire se hâta de sortir de la Ford, chercha vaguement la main de Gaston Parfeuil que l'autre ne lui tendait pas, et finit par délivrer tout de go son importante communication.

— Cher monsieur Parfeuil, je ne suis pas venu pour un problème financier... Il s'agit de votre frère, l'ancien notaire. On l'a trouvé mort dans son lit ce matin. Une balle de carabine dans le crâne, ajouta-t-il, prêt à soutenir le destinataire après cette annonce trop brutale.

Face à lui, le vieux monsieur se raidit sur sa canne et ferma les yeux, un instant seulement

— Aimé se serait suicidé ?... gémit-il, la voix rauque. Ce n'est pas croyable !

Il n'hésita pas plus longtemps. Crochant le bras du commissaire, il l'entraîna vers la porte de la tour, derrière lui.

— Venez dans mon bureau. Racontez-moi ce qui s'est passé. Mon frère était un ours, mais rien ne justifiait une mort pareille !

Le terme de « bureau « qu'avait employé le maître des lieux ne correspondait pas plus à ce qu'on eût attendu d'un lieu de travail citadin, meublé de classeurs, de registres et de machines à écrire, qu'à la pièce préférée d'un nobliau de province, offrant bibliothèques garnies, tentures anciennes, fauteuils confortables et table massive d'un style au moins antérieur à Napoléon III. Alléché par la voûte épaisse qui signalait la porte, Battioli se trouva planté dans les seize mètres carrés d'un réduit chaulé d'une couleur de très vieil ocre, éclairé à main droite par une haute fenêtre à petits carreaux, dont la largeur de la muraille réduisait considérablement la lumière. L'ameublement pouvait se détailler d'un regard : deux fauteuils cannés qui avaient été blancs, de part et d'autre d'une table en pitchpin de la taille d'une table de bridge, un poêle Godin éteint, flanqué d'une pile de bûches, et une étagère le long d'un mur aveugle, sur laquelle reposaient, depuis Dieu savait quand, une pile de courrier et quelques numéros antiques du *Chasseur français*.

— Vous voudrez bien excuser notre installation affligeante de modestie, dit très directement l'octogénaire. Les affaires sont mauvaises et nous croulons sous les hypothèques, comme je vous l'ai dit à votre arrivée. Mais asseyez-vous, je vous en prie. Et dites-moi...

Battioli se sentait presque paralysé par l'évidente éducation de ce vieux monsieur à l'ancienne mode, qui faisait état si simplement de sa décrépitude matérielle.

Comme chaque fois qu'il éprouvait une gêne, il se réfugia dans une rugosité maladroite :

— Allons ! Ne pleurez pas misère. J'ai cru comprendre qu'à l'inverse de sa fille, vous n'aviez pas rompu les ponts avec votre frère Aimé, que vous alliez visiter chez lui très régulièrement, vous ou votre fils

Gaston Parfeuil eut peine à sourire entre ses moustaches.

— C'est justement Philippe qui l'a rencontré le dernier, en allant au marché du jeudi, le 14 octobre dernier. Son oncle lui a à peine dit bonjour. Aucune chance, visiblement, qu'il se montre affecté par la ruine inéluctable du domaine, dont je l'ai maintes fois tenu au courant. Aimé, qui avait presque dix ans de moins que moi, était jaloux parce que, à la mort de notre père, le domaine m'est revenu alors qu'il devait faire de longues études de droit avant de s'installer à Villefranche.

— En somme, dit pensivement le commissaire, vous ne vous entendiez pas vraiment ?

— Si vous voulez. J'ai une clef de son petit appartement et je l'y attendais avec quelques œufs ou un perdreau tiré par Philippe. Nous parlions de tout et de rien. Moi surtout. Lui me donnait des nouvelles de son petit-fils, qui, à ce qu'il disait, finissait un stage en Amérique. C'était sa marotte, ce gosse.

— Et sa fille, il n'en parlait pas ?

— Jamais. Ils étaient vraiment brouillés depuis qu'elle avait réclamé l'héritage de sa mère pour se marier avec son marin. Elle est venue lui présenter son petit-fils, qui est né à la fin des années 1950, juste après la mort de son marin en Algérie, et elle est repartie sans promesse de retour. L'enfant a été élevé par ses grands-parents paternels, des Bretons, je crois. Très correctement, dois-je dire. Aimé leur était très reconnaissant de lui avoir permis de recevoir le gamin deux ou trois fois l'an pendant quelques jours.

— Et votre fils, comment prend-il cette situation ? Avait-il de bonnes relations avec votre frère, malgré tout ?

— Philippe ? On ne peut pas prétendre qu'il y avait entre eux de l'affection. Ils s'ignoraient plutôt, sans jamais aller jusqu'à la dispute. Je dirais qu'Aimé nous considérait, mon fils et moi, comme des paysans insuffisamment évolués, inévitablement voués à l'échec. Peut-être avait-il raison ?

— Et aucun de vous deux ne lui en a jamais voulu ?

Le ton métallique et l'air soupçonneux du commissaire déclenchèrent un haut-le-corps de Gaston, qui abandonna d'un coup son expression confiante pour adresser à son visiteur un regard furibond. Sur l'accoudoir de rotin, il serra le poing, marbré de grosses veines bleues.

— Vous n'avez tout de même pas le culot de nous accuser, mon fils ou moi, d'avoir assassiné mon frère parce qu'il ne voulait pas lever nos hypothèques ? Vous n'êtes pas capable d'imaginer une autre solution ? Par exemple qu'Aimé se serait suicidé, à cause de sa triste vie familiale ratée ?

Devant cette rébellion inattendue, Battioli prit le mors aux dents.

— Vous êtes, votre fils et vous, les seuls, dans le désert où a vécu votre frère, à avoir eu un mobile sérieux. Il a été tué d'un coup de feu, nous n'avons pas trouvé d'arme chez lui, et vous étiez les seuls à posséder les clefs de son logement, comme sa femme de ménage, qui nous a prévenus ce matin. Admettez au moins d'être considérés comme les principaux suspects ! Votre thèse du suicide ne tient pas ! Sans arme, on se pend, on s'empoisonne. Ou on se fait hara-kiri, ricana-t-il.

Le vieux monsieur s'était levé de son fauteuil et fixait son accusateur d'un air moitié menaçant, moitié exaspéré.

— Moi, je vous dis qu'il y avait une arme chez lui. J'en suis sûr et certain : c'est moi qui lui ai donné une carabine long rifle, l'année où j'ai arrêté de chasser, ça doit faire quatre ans. Il avait peur des cambrioleurs et m'avait demandé de quoi se défendre.

— Vous avez un témoin valable de ce prêt ?

Gaston se permit un sourire triomphant. Il s'inclina en soulevant ironiquement son chapeau :

— Mieux que ça ! Je dois retrouver dans mes tiroirs la seule lettre qu'Aimé m'ait jamais écrite, pour me remercier. Je vous trouverai ce papier, si vous y tenez.

— Mettez-vous vite à la recherche de cette lettre, si elle existe, et revenez demain matin signer votre déposition au commissariat. N'oubliez pas de vous faire accompagner par votre fils.

— Vous êtes ouvert le dimanche ? pouffa insolemment l'ancien.

— Faites comme si. C'est un conseil.

Ce genre de témoin, qui croyait avoir réponse à tout, se contrôlait et prenait peu à peu l'avantage, exaspérait le pauvre Battioli. Des inspecteurs confirmés qui le surnommaient Mussolini en riaient sous cape en disant :

« Attention, le Duce est vexé ! »

L'inspecteur Deluc, qui avait silencieusement assisté, debout sur le seuil de la porte ouverte, à ces prémices d'enquête difficiles, n'osait pas encore se faire une opinion. Il s'écarta vivement de la porte pour laisser sortir son bouillant patron et le suivit pour embarquer dans la Ford.

Leur démarrage avait martyrisé le gravier. Silence tendu. Quatre kilomètres plus loin, le commissaire, qui avait presque repris son souffle, posa une question piège à son accompagnateur :

— Avez-vous des doutes sur la culpabilité des deux Parfeuil ?

— Ma foi, répondit Deluc, si le vieux nous présente sa fameuse lettre et si on trouve l'arme chez le mort, le champ des possibilités s'agrandit ; suicide ou assassinat, par Dieu sait qui !

— Foutaises, grommela Battioli.

4

Le Duce avait eu le temps de remâcher sa mauvaise humeur, avant de l'exprimer en termes particulièrement vifs à l'inspecteur Laforêt, qu'ils étaient allés rejoindre dans l'appartement de la victime. Il y avait pourtant fait du bon travail avec les techniciens du commissariat.

Les photographies du mort, prises verticalement, étaient particulièrement parlantes. Sur la première, il se limitait au visage, qui émergeait seul des draps tirés jusqu'au menton. Posé sur le traversin, le crâne pratiquement chauve offrait une uniforme couleur jaune verdâtre, de décomposition commencée, barrée d'une falaise blanche de sourcils touffus, encadrant la blessure à bords noircis du coup de feu. Avec ses joues émaciées, couvertes d'une barbe post mortem, le défunt avait vaguement l'air d'un hindou maquillé comme une bayadère de Bénarès.

La deuxième photo était encore plus révélatrice. En enlevant le drap du dessus et la couverture, l'objectif avait mis en spectacle le reste du corps d'Aimé Parfeuil revêtu d'un pyjama aux plis bien marqués, et deux mains crispées dans le pontet d'une carabine 22 long rifle, dont la crosse était serrée entre les genoux du mort et le canon posé entre ses pectoraux flétris, le grain de riz du cran de mire quasiment à l'aplomb de la pomme d'Adam.

Entraîné par l'euphorie de sa découverte, Laforêt crut devoir présenter ses conclusions sans attendre.

— Dans cette position, dont il était impossible de prévoir l'existence avant de toucher au corps, ce que nous ne pouvions faire avant l'arrivée de nos techniciens, le scénario du suicide est évident. Ce bonhomme a pris une dernière inspiration et relevé la tête, en posant son front à quelques centimètres de la bouche de sa carabine. L'impact a renvoyé son crâne en arrière pour le compte, comme nous l'avons trouvé sur la première photo.

Le commissaire Battioli explosa alors.

— Jeune homme, conclut-il, vous raisonnez comme un crétin. Vous dites qu'un coup de feu vient de partir et rejette le crâne sur le traversin ? Soit ! Et la douille, où est-elle ? Elle s'est évaporée ?

Laforêt sourit patiemment.

— C'est la cerise sur le gâteau, dit-il. Cette douille, retenue par la couverture et le drap bien tendu sur le ventre, est retombée sur un pan de la veste du pyjama. J'ajoute que nous avons eu le temps de contrôler les empreintes qui figurent dessus, ainsi que celles relevées sur le bois et le métal de l'arme ; ce sont toutes des empreintes du mort.

Un silence de cathédrale ponctua une longue minute durant la démonstration de ce jeunot prétentieux.

— Alors, expédiez le corps au médecin légiste et rapportez les clefs de la maison au bureau. Il est temps que j'aille rendre compte de tout ça au juge d'instruction.

Battioli avait pris son air le plus mussolinien, qui estompait son double menton ; malgré lui, la théorie de ce blanc-bec l'avait impressionné, et il avait besoin de rassembler toute sa mauvaise foi pour plastronner encore. En sortant, il claqua la porte avec toute la violence désirable, en se répétant à lui-même, comme Copernic sortant du procès papal en affirmant que la Terre tournait :

— Et pourtant je suis certain que c'est une mise en scène.

Le malheureux était bouleversé par sa frustration alors qu'un coup d'œil à sa montre venait de lui préciser qu'il était près d'une heure et demie. La permanence d'un planton au bureau du juge Massac n'était effective qu'à partir de quatorze heures trente. Il ne supportait pas l'idée de passer une heure d'attente au commissariat, en présence de ses inspecteurs en train de rire sous cape. Sa femme était partie pour une semaine à Marseille pour une affaire de famille. Il alla se réfugier auprès de « la bonne Mère ». Sa Ford arrêtée sur la place Notre-Dame, il monta jusqu'à la terrasse du café des

Arcades, commanda un demi et s'accouda devant sa bière givrée, en cherchant à reconstituer toutes les précautions qui avaient permis à Gaston Parfeuil de réaliser son crime presque parfait.

Sitôt alerté par son planton, vers quinze heures, le juge, en tenue décontractée de samedi après-midi, avait accueilli le commissaire avec une amabilité mitigée.

— Alors, Battioli, avez-vous déjà confirmé le suicide de maître Parfeuil, que la rumeur publique m'a annoncé ce matin. Il paraît qu'il s'est enfermé chez lui et qu'il s'est tué dans son lit.

— Nous n'en sommes pas encore là, monsieur le juge. L'affaire pourrait être plus compliquée qu'il paraît. D'où avez-vous obtenu ces premiers renseignements ?

— De ma femme de ménage, qui est une amie d'une certaine dame Théophile qui remplissait la même fonction auprès du défunt. Elle est venue échanger avec ma femme de charge quelques généralités sur la grandeur et le décadence des hommes importants. Cette brave personne avait l'air de penser qu'Aimé Parfeuil était un des notaires les plus éminents du cru. Elle était bouleversée de l'avoir trouvé raide comme une planche dans son pyjama repassé de frais, qui lui a indiqué la date du meurtre. « Il changeait toujours son linge le lundi, m'a-t-elle affirmé, et le pyjama dans lequel il s'était endormi définitivement n'était même pas froissé. Il ne l'avait pas revêtu depuis une heure. » Elle semblait si affirmative que j'ai décidé de me rendre sur place pour me faire une idée. Je dois dire que j'ai été très impressionné par la sobriété du cadre de vie du notaire. Votre jeune inspecteur, Laforêt, je crois, m'a rendu compte que vous veniez de partir à Cénac pour rencontrer la proche famille de la victime, et j'ai admiré votre rapidité à entamer l'enquête par les généralités. Mais je crois que votre Laforêt a rassemblé assez de preuves du suicide pour ne plus prolonger les recherches.

— Je crois, monsieur le juge, protesta Battioli que la décontraction de Massac agaçait visiblement, qu'il est pour le moins prématuré de conclure l'enquête. La conversation que j'ai eue à Cénac avec monsieur Gaston Parfeuil, le frère aîné de la victime, laisse place à d'autres options que le suicide.

Le juge regarda le faciès boudeur du commissaire avec une inquiétude mêlée d'ironie.

— Voyons, Battioli, votre inspecteur a retrouvé l'arme dans les poings du mort, portant à différents endroits ses empreintes. La douille de la munition meurtrière a été retrouvée dans le lit même du mort, portant elle aussi les empreintes. Toutes ces constatations valident la thèse du suicide. Ne nous entêtons pas à chercher midi à quatorze heures. D'habitude, vous êtes plus expéditif.

Le commissaire, manifestement vexé, ne chercha pas à cacher sa déception.

— Peut-être notre ami Combes déteint-il peu à peu sur ma façon d'envisager mes enquêtes. Il complique à plaisir, alors que je conclus trop vite. Cette fois-ci, toutes les preuves peuvent avoir fait l'objet de manipulations. Gaston Parfeuil, ou son fils, possède un jeu de clefs de l'appartement de l'ancien notaire. Ils ont eu toute une semaine pour mettre en scène les indices qu'a pu relever ce pauvre Laforêt. Leur mobile est aveuglant, et ils n'en font même pas mystère : ils croulent sous les dettes, et leur parent avait nettement refusé de les aider. Enfin l'arme du crime appartenait aux gens de Cénac, qui l'auraient prêtée à ce parent insensible. Ne me dites pas, monsieur le juge, qu'il n'y a pas matière au moins à contrôler tous ces éléments !

Le malheureux Battioli avait défendu sa cause avec une retenue dont il n'était pas coutumier et fit hésiter le magistrat. Les arguments du visiteur méritaient au moins d'être étudiés. Massac, appuyé au dossier de son fauteuil de bois, réfléchit de longues minutes.

— Nous ne risquons rien à surseoir, dit-il enfin. Ces gens de Cénac sont-ils les seuls parents du défunt ?

— Il y aurait aussi une fille, qui aurait plus ou moins coupé les ponts avec lui. Une veuve, qui vit à Rochefort-sur-Mer dans la mouvance d'une unité de l'armée, le 10e commando marine, auquel j'ai adressé un télégramme convoquant la dame à Villefranche. Si la mort de son père l'intéresse un peu, elle devrait se présenter dans les prochains jours.

— Eh bien, je vais vous faire plaisir. Etablissons une hypothèse réunissant les preuves, ou supposées telles, que croit avoir rassemblées votre inspecteur et, parallèlement, tout ce que vous pourrez apporter comme éléments justifiant vos allégations. En particulier, j'aimerais connaître le nom du notaire de la victime. Nous pourrions avoir quelques précisions sur cette affaire si nous connaissions les modalités de la succession du sieur Aimé Parfeuil avant l'arrivée de sa fille.

Fidèle à sa promesse, à onze heures moins le quart, Gaston Parfeuil arrêta son étrange véhicule devant le commissariat de police de Villefranche. C'était un dimanche matin, et il n'y avait pas foule pour assister à la bruyante arrivée du maître de Cénac. Son véhicule, qui datait de vingt ans et plus, pouvait trembler de toutes ses tôles cabossées et disjointes à la couleur indéfinissable, et son moteur qui ne tenait pas le ralenti, gronder dans des emballements horrifiques. Il en fallait plus pour surprendre le rare public qui rencontrait souvent, les jours de marché, la camionnette pisseuse venue écouler ses petits cageots de légumes et son panier d'œufs. Mais la tenue du digne octogénaire qui la conduisait, et qui descendit de sa ruine avec une majesté de hobereau, avait été manifestement étudiée pour souligner cette démarche officielle ; complet noir dont la vétusté boudinait l'obésité du personnage, cravate noire étranglant un col de celluloïd à l'ancienne, brassard de deuil serré sur le biceps droit, parapluie fermé au poing et feutre, toujours noir, Gaston Parfeuil symbolisait parfaitement son état de fils de famille que l'âge et les difficultés matérielles avaient entraîné dans une impécunieuse paysannerie.

Le planton de service devant l'entrée du commissariat, qui veillait au calme dominical des lieux, arrêta la progression arthritique de cet ancêtre.

— Monsieur, dit-il avec déférence, vous ne trouverez personne à l'intérieur. Nous sommes dimanche !

— Jeune homme, grasseya le visiteur, votre commissaire m'a personnellement convoqué ce matin. Je dois lui remettre un pli important dont il a besoin pour son enquête.

Cette réponse un peu vive avait été accompagnée d'un léger mouvement de parapluie.

Le planton ne s'en offusqua pas et chercha à calmer son interlocuteur avec un sourire amusé.

— Le commissaire a certainement oublié qu'il ne vient jamais au bureau le dimanche, sauf cas d'extrême urgence.

— Je suis Gaston Parfeuil de Cénac, gronda le vieux monsieur. Et si une enquête pour meurtre n'est pas un cas d'urgence pour ce monsieur Battioli, c'est qu'il est un jean-foutre. Vous le lui direz de ma part.

Outre la turgescence soudaine du visage qui faisait trembler les moustaches hérissées du vieillard, le parapluie dressé signalait qu'il en était arrivé à une exaspération dangereuse.

— Je regrette, compatit le planton diplomate ; tout ce que je peux vous proposer, c'est de faire acheminer votre pli si important au domicile du commissaire dès que je serai relevé. Il l'aura dans les mains à treize heures, je vous le promets. Ça vous évitera de revenir demain.

Gaston Parfeuil se calma aussi vite qu'il s'était encoléré.

— Je vous fais confiance. Mais ne perdez pas le papier que je vous confie. Et dites à votre patron que la prochaine fois qu'il voudra me rencontrer, il n'aura qu'à venir me voir chez moi.

Il fit demi-tour à petits pas et regagna sa voiture de maître sans un sourire. La guimbarde démarra dans un vacarme de tôle et d'embrayage martyrisé, au milieu d'un nuage de fumée noire, et s'éloigna péniblement dans la côte du Farrou.

5

Raphaëlle Jousquel avait été plus affectée par l'annonce brutale de la mort de son père qu'elle n'avait accepté de le montrer dans le décor impersonnel et froid du mess de garnison. L'absence de discrétion des convives, aux regards maladroitement dirigés vers son aparté avec l'officier de commando, lui avait paru une goujaterie, et la conduite du lieutenant de vaisseau, qui s'était réfugié derrière une politesse glacée, l'avait déçue. Ce jeune Quarantec manquait singulièrement de chaleur humaine. Trop spécialisé dans ce qu'il appelait des « coups durs ». Comme ses camarades du commando marine qu'elle ne fréquentait plus guère, à présent.

Son père était mort. A la sortie du bâtiment du mess de garnison, cette évidence s'imposa brutalement, avec le souffle d'une brise d'ouest qui traversa le front de mer et la gela sur place. Son père mort. De mort violente, tué ou suicidé ! L'idée même de cette fin l'épouvantait, lui faisant prendre pleinement conscience de l'ignorance où l'avait plongée leur séparation. Depuis qu'elle avait rompu avec lui, réclamant l'héritage de sa mère pour épouser son marin, il n'avait jamais pardonné cette trahison. Les seuls contacts qui s'étaient maintenus entre eux avaient été le fait d'André, quand, rarement, il se rendait chez son grand-père maternel. A peine Raphaëlle s'était-elle construit une vague idée de la solitude de son géniteur. Après tout, elle aussi était solitaire. Tout en marchant vers le musée de la Corderie royale, elle finissait par se persuader que sa vie n'était pas changée par la disparition d'Aimé Parfeuil, qui ne lui était plus rien depuis longtemps... Pourquoi iraitelle à la recherche d'un passé qui ne lui avait laissé qu'aigreur et amertume ? Elle avait réussi à se construire une vie indépendante, à l'abri du besoin.

Les nuages venus de l'ouest avaient peu à peu envahi le ciel et couvraient les jardins exotiques des Retours, dont Raphaëlle appréciait tant les ombrages. Sa décision était quasiment prise. Le télégramme du commissariat de Villefranche n'avait rien d'officiel. Pourquoi irait-elle renouer avec sa jeunesse, qu'elle avait presque réussi à oublier ?

Dressée dans son fragile tailleur, elle tenta de faire face au mauvais temps qui s'annonçait et qui grisait déjà, par-delà l'estuaire de la Charente, le relief bas de l'île d'Aix et les côtes d'Oléron, voilées par un brouillard d'embruns.

Sans doute cette hostilité soudaine de la nature qui la fit frissonner accentua-t-elle son sentiment de solitude. Son fils André, perdu en Amérique, lui manquait de plus en plus. Que pouvait représenter pour lui la perte de cet aïeul qu'il n'avait pas vu dix fois depuis son enfance ? Et que penserait-il d'elle si elle n'avait même pas le courage d'aller enterrer son propre père ? Elle se secoua pour mettre fin à ses tentations d'immobilisme. Elle devrait au moins pouvoir dire à André, quand il rentrerait au pays, qu'elle avait satisfait aux usages. Son programme immédiat devait être conforme à celui qu'elle avait annoncé à monsieur de Quarantec. Tout juste, au lieu de voyager par le train, qui l'obligerait à faire étape à Bordeaux et à Toulouse, décida-t-elle de partir en voiture. Sa vieille 4 L s'accommoderait bien d'un aller-retour de Rochefort à Villefranche-de-Rouergue.

La saison touristique approchant des baisses de fréquentation automnales, la direction du musée n'avait fait aucune difficulté pour accorder un congé de deux semaines à Raphaëlle. Elle avait refusé de s'éloigner plus longtemps de Rochefort, assurant qu'elle entreprenait ce voyage dans le but unique de vérifier que son père, qu'elle ne fréquentait plus depuis des années, n'avait pas oublié son fils André dans le testament qu'il avait sûrement rédigé, en ancien notaire scrupuleux.

Elle n'avait pas jugé nécessaire de donner de plus amples explications. Comment aurait-elle pu convaincre ses confrères qu'elle ressentait un début de culpabilité à l'égard de ce père intransigeant, qu'elle avait abandonné à une vieillesse solitaire, une vingtaine d'années plus tôt ? La mort brutale de son mari l'avait désemparée et le silence de son géniteur l'avait profondément blessée. Mais le décès étrange d'Aimé Parfeuil la touchait et lui causait plus de regrets qu'elle l'eût attendu.

En femme organisée, après avoir expédié un télégramme au commissaire de police de Villefranche dès l'ouverture du bureau de poste, annonçant son arrivée pour le mercredi matin, elle boucla sa valise et prit la route, décidée à suivre l'itinéraire qu'elle avait parcouru avec son fils encore bébé, pour le présenter à son grand-père. Peut-être voulait-elle retrouver l'espoir qui l'avait conduite à cette démarche. Toute à ses souvenirs, elle ne leva pas le pied avant d'arriver à Angoulême.

Ensuite la route était moins familière. Bergerac et le Périgord noir, la lente coulée vers Cahors et la vallée du Lot ne lui rappelaient aucun souvenir précis. Ce manque de mémoire, une fois arrivée à l'hôtel Terminus où elle avait prévu de faire étape, la perturba. Revenir pour régler une affaire de famille dans son pays natal la laissait étrangement insensible. Cette absence d'attendrissement sur son sort la figea devant la psyché de la salle de bains du Terminus, avant de descendre dîner. Elle sourit à son reflet, apprécia de se trouver en bonne santé physique, libre de toute attache imposée. Parfaitement égoïste et contente de l'être.

Elle décida que le lendemain elle bouclerait son itinéraire sans chercher à faire revivre les jours anciens. Elle suivrait la vallée du Lot jusqu'à La Madeleine, avant de bifurquer vers Villeneuve et Villefranche. Sa demi-journée d'avance sur son horaire lui accorderait le temps de se composer un personnage prêt à affronter la rencontre avec les autorités.

Elle dîna de bon appétit d'une succulente omelette aux truffes et s'endormit sans plus d'états d'âme. Le mardi à trois heures de l'après-midi, elle stoppa au Relais du Farrou, à trois kilomètres de sa destination. Le temps avait été doux pour l'arrière-saison et la 4 L avait roulé en mécanique dévouée.

Avec toute la révérence qu'elle voulait marquer au commissaire de police qui l'avait convoquée, Raphaëlle Jousquel informa par téléphone ce digne fonctionnaire qu'elle serait exacte le lendemain matin à neuf heures à l'entrée de son bureau.

Le commissaire Battioli, depuis que le corps d'Aimé Parfeuil, ancien notaire, avait été découvert tué par balle dans son lit, par sa femme de ménage, le samedi 23 octobre au matin, avait déjà eu le temps d'échafauder plusieurs hypothèses. Ses premiers suspects restaient le frère et le neveu du défunt. Ces bons à rien possédaient les clefs de l'appartement du mort et prétendaient avoir donné à celui-ci l'arme avec laquelle il se serait suicidé. Malheureusement, le juge d'instruction penchait pour le suicide. Il n'avait pu encore convaincre Battioli, qui ne décolérait pas.

Persuadé qu'il s'agissait bien d'une affaire de gros sous, il avait alors pensé que la fille de l'ancien notaire, que l'on prétendait fâchée avec son père, pourrait bien être responsable de ce qui était, il n'en démordait pas, un meurtre crapuleux. C'est dire qu'il attendait avec impatience l'arrivée de cette veuve fatale, qu'il se faisait fort d'amener rapidement à des aveux complets.

Enfin cette parricide supposée allait être traitée comme elle le méritait. Dommage que le juge Massac eût été prévenu de cette arrivée par un sous-fifre.

« Eh bien, bravo, Battioli, avait-il téléphoné le mardi soir. J'apprends que vous avez réussi à joindre la fille Parfeuil et qu'elle se présentera chez vous demain matin. Vous me l'amènerez à mon cabinet dans la foulée. Nous la conduirons ensemble chez le notaire de son père. Il faut en finir avec cette affaire. Convoquez donc aussi les parents de Cénac. Leurs noms sont peut-être couchés sur le testament. »

Le commissaire avait salué cette communication d'un sourire acide. Massac et son jeune crétin d'inspecteur Laforêt, les tenants de la thèse du suicide, seraient bientôt contraints à reconnaître la justesse de ses propres conclusions.

En somme, il était dans les plus mauvaises conditions pour affronter ce que le juge d'instruction appelait un « simple témoin ». De surcroît, la femme qu'un planton venait de conduire jusqu'à son bureau, au premier étage, ne correspondait en rien à ce qu'il avait attendu ; il l'avait imaginée boulotte, arborant une coiffure grise, cramponnée sans doute à ses voiles de veuve de guerre. Madame Jousquel était grande, et même élancée, pouvait-on dire, et la robe légère qu'elle portait, de voile imprimé à dominante mauve et beige, n'était certainement pas née des doigts d'une petite couturière de province. Battioli, qui se disait amateur de silhouettes féminines, fut immédiatement pris à contre-pied.

Cette femme à qui il donnait tout juste la quarantaine n'était pas du bois dont sont faits les coupables, ni même les suspects. A peine fardée, sous un casque de cheveux blonds naturels, les mains gantées de chamois croisées sur son sac de daim clair, elle le fixait de son regard gris, du fond du fauteuil de pitchpin où il l'avait fait asseoir.

— Qu'attendez-vous de moi ? dit-elle seulement. J'imagine que mon père était assez connu à Villefranche et qu'on ne m'a pas attendue pour reconnaître le corps ?

— A moins que vous y teniez absolument, cette épreuve vous sera épargnée, répondit le commissaire, déjà privé de toute son agressivité.

A tout hasard, parce qu'il devait avoir l'air de mener une conversation, il demanda :

— Où êtes-vous descendue ? A cette saison-ci, nos rares hôtels ont tendance à fermer.

— Le Relais du Farrou m'a paru très accueillant, dit-elle en se forçant à sourire poliment.

Elle commençait visiblement à s'interroger sur le sens de cette convocation.

— Vous auriez pu habiter l'appartement de votre père. Il y vivait seul, mais le logement est confortable et nous avons déjà passé au crible tout ce qu'il y avait qui pouvait intéresser notre enquête. Vous auriez évité les frais de votre séjour dans nos murs.

La gravure de mode se pencha vers ce questionneur qui semblait se soucier de l'état de ses finances. Son sourire parut légèrement excédé.

— Quand mon père s'est installé là où il avait décidé de se retirer, il n'a pas jugé utile de me consulter. Il ne m'a même pas communiqué sa nouvelle adresse. Ça n'avait d'ailleurs aucune importance. Nous étions tout à fait brouillés. J'aurais été bien en peine de découvrir où il habitait.

Le commissaire était déçu. Avait-il espéré que madame Jousquel se fût secrètement déplacée pour occire son géniteur ? Il répondit au sourire par une moue embarrassée. Cette femme le fascinait, et le calme avec lequel elle admettait son hostilité envers son père lui paraissait peu crédible.

— Monsieur Parfeuil ne devait pas être d'un commerce très conciliant ? Je crois savoir qu'il s'entendait mal avec son frère Gaston, qui vit à Cénac, et qui ne le porte pas non plus dans son cœur.

Cette fois, le sourire de madame Jousquel se transforma en un rire perlé.

— Vous me rajeunissez de vingt-cinq ans ! Mon père disait déjà que mon oncle Gaston et son fils Philippe étaient des bons à rien, incapables de gérer leur domaine de Cénac.

— Et vous avez la même opinion que lui ? Ils semblent en effet couverts de dettes.

— Je l'ignore. Je n'ai aucun rapport avec eux depuis vingt ans.

— Eh bien, conclut Battioli en se levant, je crois que nous les verrons tous deux aujourd'hui même. Je pense que monsieur le juge d'instruction Massac, chez qui j'ai ordre de vous conduire, puisqu'il est responsable de l'enquête qui nous occupe, a pris rendez-vous cet après-midi avec maître Esbrillac, chargé de régler la succession de votre père. Toute la famille sera bien sûr présente.

— Seigneur, soupira Raphaëlle Jousquel avec une grimace comique, si vous saviez combien ces retrouvailles inutiles me paraissent déplaisantes. Je n'attends plus rien de cette succession. Quand j'ai quitté Villefranche, à ma majorité, j'ai déjà arraché à mon père l'héritage de ma mère, morte quatre ans plus tôt. Nous ne nous devions plus rien.

— Sans doute, rétorqua le commissaire, mais pour la bonne règle, allons prendre l'avis du juge Massac. Laissez votre voiture devant le commissariat. Nous prendrons la mienne et je vous ramènerai.

Finement joué, se dit-il in petto. Suivant le résultat de la visite chez monsieur Esbrillac, il aurait tout le loisir d'attaquer ou non les membres de cette étrange famille Parfeuil.

6

Le juge Massac n'était pas aussi plein de défauts que le commissaire de police de sa bonne ville. Il reconnaissait à celui-ci une hargne paresseuse qui mettait son personnel de mauvaise humeur presque en permanence. Lui-même estimait que l'extrême rigueur en service qu'exigeait Battioli menait à de perpétuels conflits avec ses inspecteurs, qui inondaient l'administration de demandes de mutation. Quant à la conduite des enquêtes, force était d'admettre que le commissaire, qui attendait toujours la belle affaire, commençait ses investigations sur les chapeaux de roues mais que son manque de flair et de psychologie enrayait rapidement, presque chaque fois, la recherche d'une solution. Comme pour cette histoire Parfeuil. Pourquoi diable continuait-il à s'inventer un assassin, alors que son jeune inspecteur avait quasiment prouvé qu'il s'agissait d'un suicide ? Jalousie professionnelle ?

Massac, lui, ne jalousait pas ses subordonnés. Il abordait chaque problème sans idée préconçue.

Paisiblement, sans esbrouffe, en accumulant dans son dossier des preuves indubitables. Il eût préféré innocenter un coupable que transmettre au parquet des ragots risquant de faire condamner un innocent.

C'est dire que cette fois-ci, les élucubrations de son enquêteur désigné, qui croyait coupables les proches du mort, lui paraissaient dangereuses. Il était prêt à y mettre le holà. Peut-être à demander conseil à son ami Combes, dont l'expérience et l'efficacité l'avaient tant de fois amené au succès. En tout cas, prêt à recevoir la fille de son suicidé, il entendait la traiter en victime et non en suspecte.

Battioli n'eut pas longtemps le loisir de profiter de la présence de sa suspecte. Massac le renvoya à ses basses œuvres aussitôt qu'il l'eut amenée au tribunal.

— Mon cher commissaire, je sais que vous êtes surchargé de travail. Je vais vous remplacer auprès de notre charmante visiteuse, avec laquelle je désire avoir une longue conversation concernant l'histoire de sa famille, qui durera peut-être jusqu'à la fin de notre déjeuner. Allez rejoindre votre bureau et retrouvez-nous chez maître Esbrillac pour la lecture du testament de monsieur Parfeuil. A quinze heures précises. Soyez ponctuel ; les hommes de loi n'aiment pas attendre.

A en juger par l'ambiance détendue qui régnait quelques heures plus tard, à la fin du déjeuner au tranquille restaurant du premier étage de l'Univers, il n'y avait plus aucun point obscur dans l'histoire des Parfeuil. Massac et son greffier Cadaquès constituaient un redoutable tandem pour inspirer confiance. Entourée des égards discrets que justifiait son deuil tout neuf, qui, avait-elle avoué, l'avait arrachée à vingt ans de vie solitaire, elle avait raconté son adolescence triste en compagnie de sa mère malade, sous la férule d'un père d'esprit étroit et de mentalité rigide. Un amour de vacances, l'année de la mort de sa mère, l'avait braquée contre l'autorité paternelle, opposée à tout mariage avec l'héritier d'une famille de marin. Après quatre ans d'incompréhension grandissante, elle avait enfin hérité de la fortune de sa mère. Elle s'était juré de couper définitivement les ponts avec sa jeunesse.

« J'ai trahi mon serment une seule fois, avait-elle concédé au juge, lorsque, coup sur coup, mon mari a été tué en Algérie et que j'ai accouché de mon fils André. J'ai alors pensé, en plein désordre moral, que mon vieux père, dont j'avais appris qu'il allait prendre sa retraite, avait le droit de savoir qu'il avait un petit-fils. Je suis venue présenter André, dont la vue a semblé satisfaire son grand-père ; en revanche mon père n'a eu qu'un mot pour m'accueillir : « Toi, tu n'as plus rien à attendre de moi. » Vous pouvez comprendre que je n'ai même pas eu la moindre tentation de renouer des relations avec lui. Mon fils m'a dit plus tard être venu plusieurs fois chez son grand-père pendant ses études à Toulouse. J'ai cru comprendre que ce n'était pas la grande passion entre eux.

Après cette diatribe, elle avait regardé ses deux compagnons d'un air de défi, avant de se plonger avec gourmandise dans son assiette de profiteroles. Ni Massac ni Cadaquès n'avaient commenté cette fin de la geste des Parfeuil.

— Madame, messieurs, vous me permettrez certainement de saluer devant vous une dernière fois celui qui m'a précédé dans cette étude et qui était resté depuis un ami très cher et très estimé, maître Aimé Parfeuil, vice-président honoraire de la Chambre des notaires de l'Aveyron. Je sais, il me l'avait avoué en me demandant le secret, qu'il souffrait depuis quelques mois d'une incurable maladie. Ses jours étaient comptés et il a supporté l'épreuve avec un courage digne d'éloges. Je vous présente mes condoléances pour votre deuil tragique.

Maître Esbrillac, droit derrière son bureau, s'accorda un soupir et jeta un regard appréciatif sur l'assistance. La cinquantaine à peine visible dans un complet noir de bonne coupe, il réussissait, malgré sa gourme, à paraître détendu devant cet aréopage dont il croyait connaître tous les secrets de famille, jalousies, haine recuite ou désintérêt définitif.

Rangés en demi-cercle devant lui sur des fauteuils Voltaire à rayures grises et prune, six personnages se figeaient, jouant les insensibles. Cadaquès, le greffier, s'était installé d'autorité au plus près de la fenêtre et tripotait machinalement son stylo et son carnet noir, comme s'il était prêt à prendre des notes. Près de lui, Raphaëlle Jousquel baissait les yeux sur son sac, pour tenter de cacher l'émotion qu'elle avait ressentie en pénétrant dans cette pièce qui avait personnifié pour elle, pendant une partie de sa jeunesse, l'entrée de l'enfer. Au centre du dispositif, le juge Massac fixait le notaire, attendant patiemment la suite de la conférence. Ensuite venaient Gaston et Philippe Parfeuil, veste de velours marron et houseaux de cuir. Boudeurs, ces deux-là n'osaient pas regarder maître Esbrillac, comme si les nouvelles qu'il allait apporter devaient consacrer leur ruine. Dernier de la rangée, Battioli couvait de l'œil ses deux principaux suspects, avec le sourire d'un chat rêvant d'une paire de menottes.

— Si vous le voulez bien, reprit la voix ferme du notaire, je vais maintenant vous lire le texte du testament que maître Aimé Parfeuil m'a fait l'honneur de me confier le 18 août dernier. Je vous prierai seulement de bien vouloir ne pas interrompre la liste très courte des différents legs que mentionne ce document. Les chiffres sont exprimés en francs Pinay. Vous pourrez ensuite poser vos questions, auxquelles je répondrai aussi clairement que possible.

L'officiant n'avait pas besoin de tant de précautions pour obtenir un silence attentif. Aucun des spectateurs ne s'attendait en son for intérieur à une quelconque largesse du testataire.

— « Moi, Aimé Alphonse Gabriel Parfeuil, sain de corps et d'esprit, déclare charger maître Esbrillac, notaire à Villefranche-de-Rouergue, de procéder comme suit aux différentes donations de mes biens, meubles et immeubles. Premièrement, à madame Théophile, qui m'a servi depuis 1973 avec honnêteté et dévouement, je lègue une rente annuelle de cinq mille francs. Deuxièmement, à mon frère Gaston Parfeuil et à son fils Philippe Parfeuil, dont j'ai réussi à relever les différentes hypothèques qui avaient si gravement obéré le domaine de Cénac pour un total de quatre-vingt-sept mille francs, je lègue le paiement intégral de cette somme, à charge pour eux de régler aux tiers possesseurs les hypothèques que je n'ai pu racheter, soit vingt-trois mille francs. Il va de soi qu'ils s'engageront à demeurer à Cénac dont la propriété reviendra entièrement à ma fille Raphaëlle Parfeuil, veuve Jousquel, à laquelle... »

Ce qu'il est convenu d'appeler un incident de séance vint déranger le cours de la cérémonie. Gaston Parfeuil s'était levé de son fauteuil, mains au col, apoplectique, au bord de l'étouffement.

Le notaire, qui avait consulté du regard le juge Massac dont il avait reçu en retour un hochement de tête appréciateur, retrouva sur-le-champ son autorité :

— Aidez donc votre père à se rasseoir, intima-t-il d'un air courroucé au nommé Philippe. Vous manifesterez vos émotions tout à l'heure. Reprenons notre lecture... « Raphaëlle Jousquel hérite donc du domaine de Cénac, à charge pour elle d'employer son oncle et son cousin à l'exploitation de la propriété, dans les fonctions qu'elle jugera bon de leur confier. Elle hérite en outre de mon domicile actuel, sis numéro 4, rue Saint-Jacques, et de tout ce qu'il contient, meubles et documents. Enfin, elle jouira de l'usufruit du reste de mes biens, comptes bancaires, actions et obligations, dont le total peut être évalué à cinq cent cinquante mille francs. Etant entendu qu'elle devra, avant la fin d'un délai de six mois, avoir déposé chez maître Esbrillac son propre testament dont son fils, André Jousquel, sera l'unique légataire. Bien que je n'aie pas souvent eu l'occasion de l'apprécier, ce garçon est mon petit-fils et me paraît sensé, intelligent et bien armé pour réussir dans la vie. Villefranche-de-Rouergue, le 18 août 1980. Signé : Aimé Parfeuil. »

Massac et Cadaquès étaient sortis de l'étude Esbrillac en entraînant Raphaëlle, tout étourdie, avec eux et avaient laissé l'oncle Gaston et son fils dans les mains du notaire, chargé de leur expliquer en termes moins sybillins les dispositions testamentaires, dont les sommes paraissaient incompréhensibles pour ces traditionalistes du franc ancien.

— N'hésitez pas à les soutenir avec un coup de votre vieille eau-de-vie de prunes dont vous m'avez régalé à ma dernière visite. Et tranquillisez-les à propos des hypothèques encore exigibles. Je ne serais pas étonné que vous en soyez l'heureux bénéficiaire !...

Maintenant que Cénac va reprendre vie, ce serait peut-être pour vous une bonne affaire ?

A Raphaëlle, qui les avait suivis jusqu'au bas du perron de l'étude, sous le panonceau de cuivre qui brillait au soleil automnal, Massac adressa un roboratif encouragement.

— Alors, madame. Vous voyez que votre père était au fond un homme sensible et attaché à sa famille, et tout particulièrement à vous et à votre fils.

— Je ne comprends pas, balbutia-t-elle. Je suis bouleversée, de honte et de remords, pour la solitude que je lui ai imposée.

— J'étais au courant du testament depuis hier soir, grâce à Esbrillac, et je me suis permis d'établir pour vous un programme convenable. Je vous raccompagne ce soir jusqu'à votre voiture, afin que vous rentriez à votre hôtel pour vous reposer. Demain, encore une rude journée, vous passerez à mon bureau prendre les clefs de l'appartement de la rue Saint-Jacques, qui est maintenant le vôtre, vous le visiterez et, s'il vous convient provisoirement, vous vous y installerez. Ensuite, allez voir maître Esbrillac pour prendre avec lui tous les rendez-vous nécessaires à la connaissance détaillée de votre nouvelle fortune. Pour finir, ma femme, qui est avocate au barreau de Toulouse, venant passer la fin de semaine à la maison, faites-nous le plaisir de dîner avec nous à la fortune du pot. Je n'inviterai qu'un excellent ami, en qui vous pourrez avoir toute confiance, et qui vous sera d'un grand secours si vous désirez retrouver rapidement votre fils, dont vous n'avez pu trouver l'adresse en Amérique. Je suis certain que mon limier Joseph Combes résoudra ce problème en quelques jours.

Le commissaire Battioli était sorti lui aussi de l'étude, sans que personne ait pensé à lui demander son opinion sur ce testament. Massac n'en avait que pour cette pimbêche gantée et Esbrillac n'avait pas jugé nécessaire de le retenir pour maîtriser les deux révoltés de Cénac. Ulcéré, il se demandait comment le juge refusait de comprendre que la signature d'un tel document avait fourni un aveuglant mobile aux trois autres membres de cette famille. Il allait être bien seul pour continuer efficacement son enquête...

II

Erreurs et piétinements

7

La vague de surprise qui bouleversa la société villefranchoise quand furent connues et commentées les dispositions testamentaires d'Aimé Parfeuil fut attisée par la naturelle propension locale au bouche-à-oreille, redoutable instrument de propagation de nouvelles, vraies ou fausses, d'origines toujours qualifiées de « dignes de foi ». Chapitré par un juge Massac particulièrement prudent, *Le Petit Villefranchois* qui parut le vendredi 29 octobre, deux jours après l'arrivée de Raphaëlle Jousquel, publia un entrefilet intitulé « Imbroglio judiciaire » qui hésitait entre crime crapuleux et suicide, les deux pistes suivies par les enquêteurs.

Mais personne ne fut plus stupéfait que le grand-père Jousquel quand il reçut la lettre dans laquelle sa bru avait tenu à lui faire part à la fois de la mort de son père et de ses surprenantes largesses. Dans cette courte missive, elle insistait sur le besoin urgent de rétablir le contact avec son fils André, qui devrait la rejoindre au plus vite pour régulariser leur nouvelle situation.

Le caractère de Yann Jousquel, au dire de ses voisins malouins, était difficile, entêté et imprévisible. Veuf depuis quinze ans, ce récent retraité de la Royale avait tout fait pour reporter sur son petit-fils son besoin d'affection et ses espoirs de réussite. Jouant sur le désarroi de Raphaëlle après la mort en Algérie de son fils Robert, il avait su prendre peu à peu, intelligemment, l'ascendant qu'il estimait lui revenir de droit dans la formation de l'adolescent. Il se montrait fier des résultats obtenus par le garçon et, s'il ne lui parlait pas souvent de sa mère, ne mentionnait jamais le nom de ce grand-père maternel honni, qui n'avait jamais rien fait pour André. Et voilà que ce voleur d'enfant croyait nécessaire de promettre des millions à un petit-fils négligé qu'il avait oublié pendant vingt ans ! Yann Jousquel, pour un peu, eût conseillé fermement à l'héritier de ce cadeau trop facile de renoncer à une absolution ainsi monnayée.

Mais c'était un vœu pieux. Aux dernières nouvelles, André parcourait la Floride avec l'équipe d'un sénateur américain en campagne de réélection. Comment le joindre pour lui conseiller de donner signe de vie, par téléphone, à un obscur tabellion de province ?

Au cours du dîner chez les Massac, la petite bonne moustachue, grassouillette et couperosée qu'avait choisie madame Massac aussitôt après son mariage avec le juge, s'était montrée un vrai cordon-bleu. La maîtresse de maison, finalement retenue à Toulouse par un procès, brillait par son absence. Combes, sur son trente et un, avait la mine d'un homme que son épouse a récemment condamné à un strict régime amaigrissant. Claire Combes, quant à elle, parlait beaucoup, énervée qu'elle était par cette élégante femme blonde de son âge que Massac semblait traiter avec une révérence suspecte.

Son flair féminin lui suggérait que leur ami avait l'intention de lancer son Joseph sur une trace intéressant plus ou moins cette semi-étrangère, que la rumeur publique taxait suivant les opinions de parricide ou de victime injustement désignée. Cette perspective lui paraissait peu souhaitable car elle trouvait Joseph de plus en plus séduisant l'âge venu ; cette lionne envoyée par la marine de Saintonge avait un style et une aisance de dévoreuse de maris. Quand vint, bien après le dîner, l'instant de la séparation, et que madame Jousquel déclara qu'elle serait heureuse de faire les honneurs de l'appartement de son père dans lequel elle avait emménagé le jour même à monsieur Combes, si fort recommandé par le juge Massac, Claire ne put résister à ce qu'elle considéra comme une provocation.

— Voyons, minauda-t-elle, venez plutôt nous consulter au bureau de l'agence, où nous pourrons écouter votre histoire tranquillement et commencer les recherches par téléphone.

Madame Jousquel parut un peu surprise par cette intervention mais se décida sur-le-champ.

— D'accord ! Vous avez certainement raison. L'enquête que je souhaite vous confier sur la localisation en Amérique de mon fils de vingt-deux ans risque de prendre du temps. Je serai demain à quatorze heures à votre bureau, si cela vous convient.

Elle monta dans sa 4 L et démarra sans pouvoir réprimer un sourire à la limite de l'exaspération, en laissant le couple Combes debout sur le trottoir du cours Guiraudet.

Le temps était serein, la lune à son renouveau laissait dans l'ombre les alignements des marronniers encore feuillus. Claire, victorieuse, prit le bras de son mari, qui n'avait pas dit un mot. Il ne se manifesta que deux cents mètres plus loin, en arrivant devant la porte de l'agence.

— Il serait grand temps que tu mettes un terme à tes accès de jalousie, dit-il gravement. C'est ridicule et blessant. Pour un peu, cette cliente fortunée que me recommandait Massac aurait pu ne pas nous confier ses recherches. Je t'en prie, cesse ces gamineries, qui ne sont plus de notre âge !

Cette sortie, sur le pas de l'entrée, allait peut-être entraîner quelque bouderie. Mais Joseph était ulcéré.

En tout cas, la mercuriale avait paru ramener la pécheresse à de meilleurs sentiments. Pas de recherche d'une toilette particulièrement nouvelle pour surprendre la rivale attendue, pas d'autres préparatifs que celui d'un plateau pour quelques bouteilles de rafraîchissements, posé sur le bureau métallique. On était là pour travailler. Comme chaque fois qu'il commençait une enquête, Joseph Combes était grognon et peu décidé à en voir le bout. Mais Claire était enthousiaste pour deux.

Elle sembla très bien comprendre, ou tout au moins le déclara, comment Raphaëlle Jousquel avait peu à peu transmis la formation de son fils à son grand-père paternel. Joseph fut plus difficile à convaincre et même résolument opposé au silence imposé à l'étudiant depuis qu'il était passé au stade supérieur. Les réponses dilatoires du solitaire de Saint-Malo concernant le voyage de son petit-fils aux USA suscitèrent les plus grandes réserves du couple Combes rassemblé.

A ce stade de la période d'informations, Joseph prévint sa cliente qu'il avait longtemps discuté avec le juge de la conduite autoritaire de ce grand-père envahissant. Raphaëlle avoua qu'elle avait écrit une courte lettre à Yann Jousquel pour lui annoncer la mort d'Aimé, les surprises de la lecture du testament et la nécessité pressante de contacter André.

— Méfiez-vous, ajouta-t-elle. Yann est un grand-papa charmant et généreux ; mais il est aussi très soupe au lait. Notre insistance pourrait le braquer.

— J'en ai parlé avec Massac et je sais comment le calmer. Quand on veut forcer une serrure, mieux vaut frapper deux coups de masse qu'un seul. Nous allons téléphoner sur-le-champ à votre beau-père. Donnez-moi son numéro.

Il faut croire que les délais de transmission des appels téléphoniques interprovinciaux avaient subitement été réduits quasiment à néant ; une sonnerie bruyante jaillit du combiné tendu par Joseph vers les deux femmes, interrompue par un « Allô » aboyé d'une voix impatiente. Une deuxième éructation, plus impatiente encore, amena un sourire satisfait sur les lèvres de Combes, qui se carra sur son fauteuil et recolla le combiné à son oreille.

— Vieille technique, chuchota aimablement Claire à une Raphaëlle inquiète. Enerver le correspondant pour le déstabiliser !

— C'est bien au commandant Yann Jousquel que je parle ? disait Joseph. Je suis ravi d'avoir réussi à vous joindre. Je m'appelle Combes, Joseph Combes, et je vous téléphone de la part du juge d'instruction Massac, de Villefranche-de-Rouergue, pour vous prévenir du décès de monsieur Aimé Parfeuil, le père de madame Jousquel, votre belle-fille... Oui, elle a été prévenue et elle est arrivée à temps pour les obsèques... Comment, vous me dites que cette nouvelle ne vous fait ni chaud ni froid ? Mais, commandant, vous devez également savoir que le testament du défunt exige la présence de votre petit-fils, André Jousquel... Oui, celui qui est actuellement en Amérique... Non ! Vous ne pouvez pas me répondre que vous vous en foutez ! On ne traite pas comme ça un héritage de plus de cinquante millions d'anciens francs... Oui, vous avez bien entendu... C'est bien ça. Il faut que le notaire reçoive de toute urgence signe de vie de ce jeune homme ! Pouvez-vous me donner une adresse où le joindre ?... Il circule beaucoup ? Pour suivre la campagne d'un candidat sénateur, je comprends... Mais cette campagne doit respecter un calendrier, non ?... Ecoutez, commandant, dites-vous que, pour le bien de votre petit-fils, il vaudrait mieux le retrouver très rapidement par mon canal que lancer un avis de recherche mettant en œuvre son école et les Affaires étrangères, ce que je peux déclencher dès aujourd'hui.

Au fur et à mesure de la conversation, les deux femmes avaient pu lire sur le visage mobile de Combes la montée de l'exaspération, les froncements de sourcils, les coups d'œil vers le plafond, les impatiences retenues de justesse.

— Laissez-moi lui parler, souffla Raphaëlle Jousquel, aussitôt interrompue par les dénégations silencieuses de Joseph, qui ne voulait écouter que les vaines tentatives de son retraité, et qui reprit, à peine calmé :

— Alors, commandant, vous choisissez entre l'interdiction que vous a faite votre petit-fils de le déranger et les chiens que je vais vous lâcher aux fesses en cas de refus... Bon ! Mais oui, vous cédez à la force. Attendez, je note... Je vous promets de vous prévenir dès que j'aurai reçu des nouvelles du garçon, c'est entendu. Vous avez fait le bon choix, commandant. Et merci !

Le téléphone raccroché dans un silence de fin du monde concentra pendant quelques secondes les regards de Claire et de Raphaëlle, avant qu'ils ne se portent sur la mine faussement modeste de leur compagnon.

— Alors ? demanda presque à voix basse la Rochefortaise. Mon vieux dur à cuire a craqué ?

— Parle donc ! s'écria Claire en même temps.

— Ce monsieur Jousquel, pardonnez-moi madame, est vraiment le Breton le plus coriace que j'aie interrogé, mais il a fini par lâcher son secret. Nous allons sur-le-champ rédiger un message que nous chargerons le juge Massac de faire acheminer au plus vite par le Quai d'Orsay. Du genre : « Pour monsieur A. T. Frost, directeur de campagne du candidat sénateur Roderick Foster, Tallahassee, Floride. Vous prie alerter d'urgence stagiaire André Jousquel sur obligation contacter juge d'instruction J. Massac, Villefranche-de-Rouergue, Aveyron, France, pour règlement grave affaire judiciaire le concernant. »

L'intitulé du message proposé par le détective fit pâlir d'inquiétude la mère d'André.

— Supposez-vous que mon fils ait quelque chose à voir dans la mort de son grand-père ? C'est horrible !

— Calmez-vous, madame ! La Floride n'est tout de même pas la proche banlieue de Villefranche. Mais officialiser notre démarche ne peut qu'obliger votre fils à se décider !

— Avez-vous un doute sur la mort de mon père ? J'ai cru comprendre en écoutant le commissaire de police qu'il croyait à un assassinat et le juge à un suicide ?

— C'est en effet ainsi que se pose le problème. Je n'ai aucun mandat ni aucun indice pour me mêler de l'orientation de l'enquête. Mais j'ai quand même une opinion. La même que celle de l'abbé Viollet, qui était un familier de votre père. Je suis allé consulter ce saint homme sur ce sujet dès que le corps de monsieur Parfeuil a été découvert. Vous savez combien ce décès a bouleversé l'opinion publique. L'abbé fait déjà campagne pour que son défunt soit enterré chrétiennement, ce qui serait refusé à un suicidé. Monsieur Viollet, et je le crois, affirme que son ami a formellement affirmé que la maladie qui venait de le frapper ne le convaincrait jamais de se détruire. C'est aussi mon avis. Je tiens qu'il a été assassiné par un ou plusieurs inconnus, et j'ai déjà informé le juge Massac de ma conviction.

Madame Jousquel soupira longuement.

— J'ignore tellement de choses sur ce que mon père était devenu...

— Eh bien, allez donc voir de ma part l'abbé Viollet. Il sera heureux de vous voir et de vous raconter ce qu'il sait de celui qu'il appelait son meilleur paroissien.

Quand la visiteuse, un peu requinquée, embarqua dans sa 4 L, Claire, au bras de Joseph, debout sur le mini-perron de l'agence, agita la main comme pour saluer une amie. Penchant la tête sur l'épaule de son mari, elle murmura, toute dolente :

— Quels chagrins cette femme n'a-t-elle pas connus... Il faut l'aider de toutes nos forces.

8

A cette heure du 29 octobre, couchés sur le divan de la mansarde où ils abritaient leurs amours, prêtée par un condisciple de Sciences Po, André Jousquel et Nathalie Breustein se détendaient en polémiquant, après avoir passé le début de l'après-midi à se prouver leur mutuelle passion.

Nathalie était la dernière génération d'une famille israélite désargentée par son entêtement à vouloir servir dans l'Education nationale. Elle se croyait le cœur sec, guidée seulement par l'ambition de réussir dans la politique ou le grand journalisme. Mais quand, trois ans plus tôt, elle s'était assise, au cours d'un amphi, à côté d'un garçon aux cheveux blonds bouclés, rieur et prévenant, elle avait oublié ses résolutions de fille sage. Il était beau garçon et semblait financièrement à l'aise.

Elle s'était donc attachée à le séduire. Elle y était arrivée sans grande peine. Grâce à l'amitié agissante de quelques professeurs de Sciences Po, ils avaient réussi à se faire désigner pour un stage aux Etats-Unis, qu'ils crurent, les premiers temps, avoir conquis. Mais ce faux voyage de noces multipliait les tentations de Nathalie, jetée sans préavis au milieu des golden boys de la politique américaine. André avait mal supporté ce qu'il croyait être des trahisons. Au troisième écart, il avait prétexté une grave affaire de famille et demandé que son stage soit écourté. Sans doute parce qu'elle tenait plus à lui qu'il ne le croyait, Nathalie avait voulu le suivre.

Ils étaient rentrés à Paris depuis le début du mois d'août. André avait obtenu, d'un camarade qui passait des vacances dorées en Méditerranée, la jouissance temporaire de sa mansarde d'étudiant.

Les deux jeunes gens s'y étaient installés et y avaient vécu un premier mois de rêve, profitant du ciel de cet été parisien pour faire de longues promenades, se gorger de vieux films dans les cinémas de quartier, écumer les bistrots de Maubert à Saint-Michel, en évitant prudemment les abords de la rue Saint-Guillaume[1].

Jusque-là, ils n'avaient pas trop compté. Ils s'étaient permis moins de largesses en septembre. Indéniablement, la passion, toujours présente, se ressentait tout de même de cette impécuniosité, qui suscitait les reproches de Nathalie. Elle proposait de renouer avec l'administration de l'école, à quoi André opposait qu'il ne pourrait jamais expliquer à son grand-père sa fuite de Floride.

1. Siège de l'Ecole des sciences politiques.

A la fin du même mois, André se décida enfin à demander à son grand-père Jousquel par télégramme quelques subsides pour prolonger son congé de quelques semaines avant de le rejoindre à Saint-Malo.

Les secours d'urgence arrivèrent par retour du courrier et, soucieux d'occulter ses aventures américaines, André mit encore un mois avant de prendre un train pour la Bretagne, où son grand-père le jugea amaigri et fatigué.

Grand-père Yann, de son côté, n'avait pas encore jugé nécessaire de traumatiser son petit-fils avec les mauvaises nouvelles ; les retrouvailles furent presque chaleureuses. A son mensonge par omission, le jeune homme ajouta un péché véniel en prétendant avoir été victime d'un pickpocket dans le métro en arrivant à Paris. Il ne s'étendit pas davantage sur ses aventures, persuadé que la relation de son idylle avec Nathalie pouvait attendre quelques jours.

Mais Yann, lui, ne pouvait attendre davantage : la voix du mandataire du juge d'instruction de Villefranche sonnait encore à ses oreilles, avec ses intonations menaçantes. Tout à trac, il délivra son lot de surprises : la mort de cet Aimé Parfeuil qu'il n'avait jamais voulu rencontrer, la venue de Raphaëlle qui s'était précipitée (il fut tout près d'ajouter « lâchement ») et l'héritage incompréhensible qui valait à André cette convocation.

— Tu vas aller dans ce satané patelin. Tu étais en Amérique quand cet homme s'est tué ou a été assassiné, on ne sait pas encore. S'il a voulu faire de toi son héritier, très bien. Mais ne te laisse pas embringuer dans des histoires de propriétés. Ta voie est tracée, tout s'annonce rayonnant. A toi de choisir. Tu partiras après-demain. Un jour de repos ne te fera pas de mal. Tu es maigre comme un coucou.

Le retraité Jousquel avait retrouvé son petit-fils et sa voix de commandement.

Le message adressé à mister A. T. Frost, directeur de la campagne sénatoriale de mister Foster, avait été traité avec célérité. Malgré le nombre d'intermédiaires, la réponse fut livrée par un motocycliste de la préfecture de Rodez au bureau du juge Massac le 3 novembre au matin.

Le juge prit la peine de marcher jusqu'à l'agence Combes. Les renseignements fournis par l'Etat de Floride ouvraient de nouvelles perspectives.

« Stagiaires Ecole sciences politiques André Jousquel et Nathalie Breustein ont demandé interruption de leur stage aux USA pour raisons familiales graves. Ont été embarqués sur vol TWA 2238 du 1er août dernier Miami-Paris. Aucunes nouvelles depuis. »

9

Claire l'attendait dans leur chambre. Elle faisait semblant de lire une revue féminine.

— Nom d'un chien ! dit Joseph à voix anormalement élevée. Je n'arrive pas à comprendre cet animal de Massac. Il a confié l'affaire Parfeuil à Battioli. Normal. A moi, il n'a même pas demandé mon avis : crime ou suicide. Mais il m'a chargé d'un travail de grouillot, pour retrouver en Amérique le fils de son héritière. J'apprends, ce matin, que ce garçon est rentré en France depuis trois mois, c'est-à-dire assez tôt pour assassiner son riche pépé, et monsieur le juge n'est pas là pour recevoir mon coup de téléphone !

Claire trouva la réplique qu'il fallait pour interrompre ce flot de récriminations.

— Crois-tu qu'il se soit entiché de cette élégante veuve ?

Joseph arrêta pile ses gesticulations et éclata de rire.

— N'exagérons pas ! Il est marié depuis deux mois. Il ne va pas convoler à nouveau ! Non ! Je le crois seulement hésitant. La lecture du testament l'a troublé. D'après sa conception de la société, des gens méritant qu'on leur lègue cinquante millions de francs ne se mettent pas à tuer leur parenté. Ça ne se fait pas.

Stridente, interminablement répétée, la sonnerie du téléphone que Joseph avait pris soin de transférer vers l'étage la veille au soir le dérangea dans son premier sommeil. Il s'était longtemps retourné sur son oreiller, tournant et retournant surtout ce qu'il savait et ce qu'il ne savait pas de l'affaire Parfeuil. « Dors ! » lui avait intimé Claire plusieurs fois réveillée et hargneuse, avant de le menacer d'aller finir sa nuit dans la chambre de Robert, absent pour la fin du trimestre. Et maintenant il était…

En même temps que la lumière s'allumait résonna la voix de Claire, furieuse.

— Sept heures ! Il y a le feu quelque part ? Ce n'est pas une heure pour réveiller les gens !

Joseph arracha le combiné de la main de sa femme, penchée au-dessus de lui, assez vite pour entendre la voix rugueuse et inamicale du grand-père Jousquel.

— Dans la marine, on prend l'habitude de se lever tôt. Pardonnez-moi, madame, mais je croyais parler à monsieur Combes…

— C'est moi. J'aurais pu vous dire la même chose que ma femme. Vous ne manquez pas de culot, après avoir refusé de me répondre toute la journée d'hier.

— Il se trouve que j'ai voulu profiter un peu de mon petit-fils, qui n'est arrivé des Etats-Unis qu'avant-hier. Je l'ai trouvé fatigué par son stage américain mais j'ai bien voulu céder aux objurgations de votre juge... Il a pris le train ce matin pour vous rejoindre. S'il ne rate pas son changement à Toulouse, il pourrait arriver dès ce soir.

— Oh ! J'étais déjà presque rassuré. Voyez-vous, nous avons reçu hier matin un télégramme de ce mister Frost, nous précisant que votre petit-fils et une certaine Nathalie ont interrompu leur stage et sont rentrés à Paris le 1er août dernier.

— Qu'est-ce que vous racontez ? Il y a sûrement une erreur !

— Monsieur Frost n'a certainement pas inventé cette date. Faites-vous raconter la vérité par la donzelle, si elle est restée à Saint-Malo. Quant à votre petit-fils, il va falloir qu'il nous explique à quoi il a passé ces trois derniers mois, et quels autres voyages il a pu faire. Notamment à Villefranche, auprès de son autre grand-père. Je vous salue bien, commandant !

Pendant l'explication avec Jousquel, la voix de Combes s'était quelque peu échauffée. Bras croisés derrière la tête, il mit deux ou trois minutes à se calmer sous le regard souriant de Claire.

— Maintenant, dit-il enfin en se redressant, je vais m'amuser un peu à faire travailler les personnages officiels. Commençons par Massac.

Malheureusement pour le ménage Combes, le juge était déjà prêt à partir pour son bureau.

— Monsieur, dit Combes, je viens enfin d'avoir le commandant Jousquel à Saint-Malo, où son protégé l'aurait, dit-il, rejoint avant-hier. Il prétend tout ignorer du retour en France au premier jour d'août. Je serais très étonné qu'un homme aussi strict que cet ancien officier de marine se permette de nous raconter des sornettes. Il a mis ce matin son petit-fils André dans le train à destination de Villefranche, sans pouvoir me préciser l'heure d'arrivée. Je me permets de suggérer qu'un inspecteur de Battioli étudie tous les horaires, avec changements, permettant de joindre Saint-Malo, Rennes, Paris, Bordeaux, Toulouse et Villefranche, de façon à prévoir un service d'accueil discret ce soir ou demain matin.

— Oui, bien sûr. Je préférerais que vous vous en chargiez en personne, objecta mollement Massac.

— Moi, j'ai fait mon travail. Vous m'aviez demandé de retrouver le fils de madame Jousquel. C'est fait. S'il disparaît d'ici demain, un avis de recherche vous le rabattra rapidement, et vous et Battioli aurez une piste sérieuse. Moi, après dix-neuf coups de téléphone en dix-neuf heures « non stop », je suis crevé. Manque de sommeil.

— D'accord, je préviens le commissaire. Tout de même, puisque vous avez évoqué une piste, quelle est votre impression ?

Joseph s'accorda un instant de réflexion.

— J'étudierais d'abord ce jeune homme, caractère, franchise, sens du devoir, affection pour sa mère, et cetera, et je commencerais l'interrogatoire par une phrase qui entraînera toute la suite : « Qu'avez-vous fait de Nathalie Breustein ? »

Avant que le juge ait pris la juste mesure des recherches qu'allait exiger son enquête, Combes avait grommelé une vague salutation, assortie de respects dont Massac n'avait que faire, arrêté là cette conversation oiseuse et s'était laissé retomber dans son lit avec un soupir satisfait.

Le joyeux caractère de Claire ne gardait sans doute plus trace de sa crise de jalousie envers Raphaëlle Parfeuil-Jousquel. Quand elle monta réveiller son mari, il y avait presque une heure que celle-ci avait sonné à la porte d'entrée et qu'elle l'avait reçue au bureau de l'agence, pour une conversation à cœur ouvert.

— Elle t'attend en bas et voudrait te voir, rendit-elle compte. Son beau-père l'a appelée ce matin de Saint-Malo pour lui annoncer que son fils André serait chez nous ce soir. Elle est affolée ; il l'a mise au courant du mensonge du garçon, omettant de préciser qu'il était rentré en France depuis trois mois. C'est un diplomate délicat, ton marin : figure-toi qu'il a prévenu sa bru que le dénommé André pourrait bien avoir de gros ennuis si nous le soupçonnions d'avoir tué son grand-père !

— Je descends tout de suite, coupa Joseph.

— Prends le temps de te raser et de t'habiller, mais ne te fais pas d'illusions. Nous avons parlé de toi, de mes emballements, et elle a souri pour m'avouer que tu n'étais pas son type d'homme.

Joseph semblait s'être mis en frais pour recevoir la Rochefortaise. Son visage était rose et reposé. Ses cheveux en brosse à peine grisonnants, vêtu d'un polo de couleur paille, d'un pantalon gris clair et de sa dernière veste en mohair couleur tabac, fleurant bon son after-shave, il obtint de sa femme un sourire d'approbation qui signifiait qu'elle le trouvait à son goût. Quant à la visiteuse, elle lui serra la main avec un sourire las et s'avança vers le fauteuil de cuir, prête aux reproches.

Joseph leva à hauteur de front une paume apaisante.

— Ma femme m'a dit que votre beau-père vous avait prévenue de l'arrivée de votre fils. Malheureusement, il a cru bon d'assortir cette annonce d'un commentaire concernant le retour prématuré d'André à Paris au début d'août. Vous concevez certainement que nous allons demander à ce garçon ce qu'il a fait de ces vacances supplémentaires. Je pense qu'il n'aura aucune difficulté à nous renseigner. Je ne crois pas qu'il ait eu quelque rapport avec le ou les assassins de votre père. Mais vous connaissez les policiers. Il est normal qu'ils se posent des questions, même les plus farfelues. Ce sera un mauvais moment à passer. Ayez confiance en votre fils et en vos nouveaux amis.

Raphaëlle respira longuement, comme si elle avait une porte à franchir.

— Est-ce vous qui allez l'interroger ?

— L'affaire a été confiée au commissaire Battioli. Ce sera normalement à lui d'officier. Mais je ferai tout pour avoir l'occasion d'échanger quelques phrases avec votre fils avant que le commissaire ne l'entretienne… J'espère que le juge m'y aidera.

— M'autoriserez-vous à assister à cet entretien informel ? Je sais bien que je n'ai pas été pour André une mère très présente et que depuis deux ou trois ans mon beau-père l'a poussé à s'éloigner de moi le plus possible, mais je crois qu'il me fait confiance. Je ne veux et ne peux pas imaginer qu'il soit impliqué dans cette histoire.

— Je ne demande qu'à vous croire, dit Combes, qui redoutait un excès d'attendrissement. Je m'arrangerai pour que vous soyez la première à lui parler à sa descente du train. A une seule condition : que vous l'exhortiez à une totale franchise sur ce qu'il a fait depuis le mois d'août. A ce propos, le nom de Nathalie Breustein vous dit-il quelque chose ?

— Non, rien du tout. Qui est-ce ?

La réponse était venue sans hésitation aux lèvres de Raphaëlle.

— Une camarade de stage qui a été renvoyée de Floride par le même avion que lui. Ce qui laisse à penser que ces deux jeunes gens ont choisi de rentrer en France pour vivre une histoire d'amour. Si votre fils avoue l'existence de cette condisciple et nous explique la raison de cette séparation, je pense qu'il sera à peu près dédouané. Demandez-lui seulement : « Pourquoi Nathalie n'est-elle pas avec toi ? » Vous vous rappellerez ?

— Oui, dit la mère, vous vous imaginez... Nathalie, la première petite amie de mon fils dont je connaisse le nom ! Je suis sûre maintenant que les soupçons de monsieur Massac, du commissaire et les vôtres seront balayés.

— Tant mieux.

Tourné vers Claire, qui avait assisté silencieuse à cette opération de manipulation, il demanda :

— J'imagine que tu n'as pas de quoi nous offrir à déjeuner ? Eh bien, mesdames, je vous invite à aller nous restaurer à l'Univers. Avec notre méconnaissance de l'horaire d'arrivée du jeune André, nous risquons fort d'attendre longtemps notre dîner. Et j'ai une faim de loup.

Claire ajouta, avec perfidie :

— Surtout que tu n'as pas dormi la nuit dernière et que tu n'as même pas bu un café depuis ton réveil !

10

Claire semblait de plus en plus séduite par le caractère de Raphaëlle. Après avoir parlé durant pratiquement tout le repas de l'installation de la nouvelle venue dans l'appartement de son père, les deux femmes décidèrent d'aller étudier sur place les améliorations possibles.

— J'ai seulement obtenu que madame Théophile vienne me voir tous les matins pour deux ou trois heures. Mais mon père était un peu spartiate. Il me faut acheter tout un bazar, que vous pourriez m'aider à dénicher. A Villefranche, je ne connais même plus les commerçants...

Comment résister à une proposition si excitante pour la curiosité de Claire, qui avait en outre reçu pour consigne de son mari de tout apprendre sur la vie passée de la Rochefortaise. Claire s'était montrée ravie et amicale, et les femmes étaient parties à pied pour expertiser l'appartement du 4, rue Saint-Jacques.

— Retrouvez-moi à dix-huit heures à l'agence, avait précisé Combes. Nous aurons à peu près calculé l'heure d'arrivée de notre voyageur. Et, Claire, pense à indiquer à madame Jousquel le moyen de joindre l'abbé Viollet.

Planté à l'entrée du vieux pont voûté qui enjambe l'Aveyron, il suivit un moment des yeux en souriant la petite femme brune et la grande femme blonde qui remontaient la rue de la République. Quand il fit demi-tour vers le tribunal, il ne souriait plus. Convaincre Massac du bien-fondé de ses projets ne serait peut-être pas si facile.

Depuis cinq minutes, le bureau du juge était le théâtre d'une empoignade entre les tenants de la police et les champions de la justice. Ces derniers, Massac et l'inévitable Cadaquès, soutenaient avec une certaine animation que l'ami Combes avait agi pour le mieux et que le jeune Jousquel, ignorant qu'on le suspectât, n'avait aucune raison de transformer ce voyage anodin en fuite et en cavale.

— Pourquoi voulez-vous qu'un garçon assez intelligent pour réussir ce coup-là recule devant les démarches qui lui permettront d'engranger cinquante millions de francs ?

— Parce que c'est un enfant gâté et qu'il a peur ! explosa Battioli, qui savait défendre l'orthodoxie policière. S'il est si intelligent que vous le prétendez, il a sûrement prévu les moyens de disparaître sans se faire prendre. Mieux vaut abandonner quelques millions que récolter vingt ans ou la guillotine.

— Et quelle solution aurions-nous dû choisir à votre avis ?

— Puisqu'il était en confiance à Saint-Malo, il fallait le faire cueillir par la police locale...

— Là où les Jousquel sont honorablement connus et respectés de père en fils ? Scandale et gros titres garantis. Bravo !

— Il faut admettre que c'eût été plus simple, osa glisser pour sa première intervention l'inspecteur Laforêt, dont le travail depuis le matin avait consisté à jongler avec les indicateurs de chemin de fer.

Dans le silence qui suivit cette remarque, la voix de Cadaquès, le greffier, émit une réflexion sidérante :

— Il faudrait aussi se dire que le jeune Jousquel est peut-être parfaitement innocent du crime que vous lui attribuez si facilement...

L'inspecteur Laforêt, ancien tenant du suicide de Parfeuil, se contenta d'une moue hautement dubitative. Battioli, comme pris d'un coup de sang, se dressa sur sa chaise en desserrant jusqu'à l'estomac sa cravate jaune et verte, qui jurait abominablement avec son épais complet de toile tabac. Massac lui-même parut choqué par la liberté qu'avait prise son greffier.

Tous les trois sursautèrent au coup de sonnette qui retentit derrière la porte matelassée du bureau.

L'entrée de Combes, détendu, presque souriant, élégant dans sa veste en mohair, légèrement claudiquant suivant son habitude, déclencha des mouvements divers. Battioli ne put retenir une exclamation envieuse.

— Et voilà notre privé des grands jours, qui s'imagine encore qu'un plus-que-suspect va se pointer noblement à dix-neuf heures trente-sept à l'arrivée du train de Toulouse !

— Mon cher Combes, dit Massac tout sourire, il faudrait enfin me dire pourquoi vous boitez plus que d'habitude chaque fois que vous pénétrez dans ce bureau.

— Parce que je veux vous attendrir avant de vous demander une faveur, monsieur le juge. Cette fois-ci particulièrement...

Il se tourna aimablement pour refuser la chaise que Laforêt venait de libérer par respect pour cet ancêtre, et continua :

— Non, merci, je ne vais pas rester longtemps. Je suis juste passé pour suggérer au juge qu'il serait décent d'autoriser madame Jousquel à faire partie du comité d'accueil de son fils, qu'elle n'a pas revu depuis trois ans. Je serai là, bien sûr, pour éviter les attendrissements, compréhensibles avant une arrestation sans doute temporaire. Je ne doute pas que le commissaire Battioli réussisse à éclaircir cette pénible affaire.

— Peut-être en envoyant la mère rejoindre son fils en prison, grommela le commissaire mezza voce.

Massac lança un coup d'œil furieux à Battioli.

— Nous ne sommes pas des sauvages. Vous accompagnerez madame Jousquel au train et veillerez à ce qu'elle fasse comprendre à son fils les soupçons que nous avons à son encontre.

— Merci, monsieur le juge, dit Combes en s'inclinant.

De fait, en sortant par la porte matelassée, il ne boitait pratiquement plus. Il ne s'attarda même pas pour écouter les exclamations courroucées des champions de la police.

La micheline venant de Toulouse était annoncée avec vingt-deux minutes de retard. Ce qui ne troublait personne. En cette saison de vacances de Toussaint finissantes, les aléas de la circulation ferroviaire s'accumulaient à chaque gare de l'itinéraire. Le comité d'accueil était constitué de deux équipes ; la première à l'intérieur même de la gare, où Battioli, Laforêt et deux agents en tenue investissaient l'emplacement où officierait le préposé collecteur des billets des arrivants. L'équipe numéro deux ne comptait que madame Jousquel et Joseph Combes. Sur le quai, assis sur le banc le plus proche de la sortie.

De temps à autre, entre deux barres chocolatées qu'il soutirait au distributeur, le commissaire venait jeter à travers la vitre qui donnait sur les voies un regard inquiet. Il estimait que Combes affichait une confiance insolente et que madame Jousquel, enveloppée dans un châle gris, ne pouvait cacher une anormale fébrilité...

A l'heure où la micheline eût dû arriver officiellement, le juge Massac, après avoir indiqué à sa cavalerie qu'il tenait à ce que ses instructions soient suivies sans vacarme ni bavure, sortit à son tour sur le quai, leva la tête vers la grosse pendule ronde éclairée par l'unique projecteur dont la lumière faisait luire les rails sombres, et lâcha du coin de la bouche, comme un agent secret, sans regarder le couple assis à deux mètres de lui :

— C'est une simple ronde, pour rappeler à tout le monde que je veux que les choses, pour pénibles qu'elles soient, se passent en douceur. A tout à l'heure.

A dix-neuf heures cinquante-huit se déclencha le cérémonial des arrivées, sonnerie de téléphone prolongée, ronronnement lointain en direction du sud qui croissait peu à peu, coup de cloche commandé par le dernier aiguillage, chuintement des freins et d'ouverture des portes, sortie dans la lumière crue du projecteur de l'employé à casquette prêt à récupérer les titres de transport. La micheline de Toulouse stoppa. Elle n'avait pas perdu une minute de retard depuis la dernière annonce. La voix grasseyante du haut-parleur prévint les voyageurs qu'ils étaient arrivés à Villefranche-de-Rouergue, que leur train disposait de deux minutes d'arrêt et égrena la liste encore longue des stations qui les séparaient de Rodez.

Raphaëlle Jousquel, le cœur battant, s'était levée de son banc, sans pouvoir distinguer à travers ses larmes les visages des trois ou quatre porteurs de sacs ou de valises qui arrivaient devant le préposé en casquette.

Ce fut Combes, debout à son tour, qui la prit par le coude et lui signala un jeune homme sans bagage, sorti de la dernière portière, à la dernière seconde.

— André ! cria Raphaëlle au moment où la micheline redémarrait.

Sans entendre ou reconnaître son nom, le garçon marqua tout de même un temps d'arrêt, puis se mit à courir vers eux. En arrivant dans la flaque de lumière intense, ses cheveux bouclés, d'un blond de Viking, donnèrent à Joseph l'impression qu'il venait de voir surgir, sur ce quai de gare, le petit prince de Saint-Exupéry arrivé à l'âge de vingt ans. Encore fluet, mais solide et sportif, souriant et chaleureux, il se jeta au cou de Raphaëlle. Ces deux-là paraissaient ne plus vouloir se séparer, s'embrassant, s'étreignant avec la ferveur de ceux qui n'ont pas assez vécu ensemble pour être blessés par les caprices, les colères et les petitesses de la vie de famille.

— Ma belle maman, exulta André, quelle chance que vous soyez venue à la gare ! Grand-père Yann m'avait bien dit que vous étiez venue à Villefranche pour le décès de grand-père Aimé, mais je ne savais pas où vous trouver !

Encore tenue par les mains de son fils, la femme se contracta en entendant Combes toussoter discrètement dans la pénombre. Elle sourit, se renversa en arrière et chercha le regard d'André.

— Pourquoi ne nous as-tu pas amené Nathalie ? L'as-tu laissée chez Yann ?

De saisissement, le petit prince lâcha la taille de sa mère et recula d'un pas. Il souriait toujours.

— Comment êtes-vous au courant ? Je n'ai parlé de Nat à âme qui vive !

Devinant derrière la porte refermée les argousins de Battioli qui se pressaient de l'autre côté de la vitre, Combes décida qu'il fallait hâter le mouvement. Il fit un pas vers la lumière.

— Jeune homme, dit-il avec gravité, le décès de votre grand-père Parfeuil a contraint votre mère à chercher ce que vous étiez devenu. Nous avons reçu un télégramme officiel des Etats-Unis nous annonçant votre départ par avion, de Floride pour Paris, le 1er août dernier. Et vous avez disparu avec mademoiselle Breustein jusqu'à avant-hier ; je suis tenté de croire que vous avez vécu une folle passion. Vous comprendrez sans peine que la police, chargée de l'assassinat de monsieur Parfeuil, se pose des questions sur vos déplacements et vos activités entre le 1er août et aujourd'hui ?

La formation de l'élève de Sciences politiques avait repris le dessus. André tenait fermement la main de sa mère, mais son regard bleu ne quittait pas celui de Combes.

— Qui est monsieur, mère ?

— Un ami... je crois.

— Il semble que je vais en avoir besoin, dit le blondinet avec calme. Je comprends vos soupçons et je peux vous répondre d'une phrase : Nathalie Breustein et moi ne nous sommes pas quittés depuis trois mois et nous ne nous sommes séparés que parce que nous n'avions plus un sou vaillant. J'ai dû taper mon grand-père Jousquel pour qu'il m'envoie de quoi rejoindre Saint-Malo. Quant à la police, je ne pourrai pas lui en dire plus.

— Donnez-lui franchement tous les détails, souffla Combes qui venait d'entendre la porte de la gare céder derrière lui.

Bousculant ses acolytes, Battioli fit irruption sur le quai, bras tendu et genoux pliés, dans le rôle préféré des as de la criminelle, en proférant d'une voix de basse-taille très réussie :

— Que personne ne bouge !

Joseph fit demi-tour d'un coup, le bout du nez exactement en face de l'index tendu du commissaire.

— Vous êtes cinglé ? Avant de vous croire dans un western, il faudrait être sûr qu'aucun de nous n'a une arme. Vous pourriez y laisser votre peau !

Battioli se redressa en souriant et montra son doigt nu :

— C'était juste un coup de semonce. J'ai assez attendu !

D'un air sévère, toujours dans son rôle de justicier, il ajouta :

— Mon petit monsieur, si vous êtes bien André Jousquel, je vous arrête pour...

— Stop, cracha Combes, venimeux. A moins que vous me présentiez un ordre d'amener signé du juge Massac, vous ne pouvez que questionner mon client comme témoin. Rien de plus !

Dans un silence électrique, le juge réussit à franchir le barrage des deux agents en tenue, prit pied à son tour sur le quai. Il avait l'air sérieux, malgré une étincelle amusée dans l'œil.

— Cessez de vous donner en spectacle sur ce quai de gare. Combes, vous ne jouez pas le jeu. Nous allons discuter de tout ça à mon bureau. Exécution !

11

Le climat belliqueux qui avait entouré l'arrivée à Villefranche du dernier des Jousquel s'était nettement pacifié. A la suite de la séance houleuse qu'avait présidée le juge d'instruction, il avait été décidé... que rien ne serait décidé. André Jousquel restait suspecté d'avoir contribué à l'exécution du meurtre d'Aimé Parfeuil, tant que n'était pas prouvée la continuité de ses vacances buissonnières avec Nathalie Breustein, toujours introuvable malgré les commissions rogatoires envoyées à Paris et en Floride.

La succession du défunt était suspendue, au grand dam de Gaston et Philippe Parfeuil. Raphaëlle Jousquel, une fois son père enterré, était toujours logée au 4, rue Saint-Jacques. Par lettre, elle avait demandé, puis obtenu, une prolongation de son congé du musée de la Marine de Rochefort. Elle refaisait lentement connaissance avec sa ville natale et voyait André tous les jours, chez elle ou chez les Combes, où

Massac avait décidé qu'il serait hébergé, avec interdiction de quitter Villefranche.

Le jeune André supportait cette étrange situation avec résignation, et Combes ne perdait aucune occasion de l'étudier, et de comparer la maturité de ce garçon, produit peut-être de cette éducation tricéphale, avec le naturel sensible et naïf de son propre fils Robert, étudiant de première année de droit à Toulouse.

Quant aux deux femmes de la maison, elles juraient que ce jeune petit prince, selon l'expression de Joseph, était le plus intelligent, le mieux élevé, le plus calme, le plus amusant et, chose facile étant donné leurs points de comparaison dans la même tranche d'âge, le plus cultivé des garçons de leurs connaissances. A quoi Claire Combes, dite Thi-Ba, gracieuse poupée brune de presque dix-huit ans, ajoutait d'autres superlatifs de son époque, que son père hésitait encore à proscrire de son vocabulaire, comme les plus fins cheveux blonds, les plus beaux yeux bleus, la plus jolie bouche, ou le meilleur danseur qui soit. A en juger par la dévotion assez aveugle qu'elle manifestait en présence de son idole, et la détestation qu'elle disait ressentir à l'égard du commissaire de police, qui convoquait André presque tous les jours, pour lui poser des questions idiotes, elle était, simplement, tombée amoureuse.

En somme, André Jousquel, en une semaine de présence, avait fait l'unanimité en sa faveur. Même le juge Massac avait ouvertement admis que sa culpabilité était hautement improbable.

Seul, en ce 10 novembre 1980, le commissaire Battioli osait déclarer que, cette fois-ci, il réussirait à prouver que le rapatrié de Floride avait organisé le crime de la rue Saint-Jacques, avec préméditation.

— Si nous faisons le total des commissions rogatoires expédiées à Tallahassee, à l'Ecole des sciences politiques et au commissariat du VIe arrondissement, disait ce jour-là Battioli dans le bureau du juge, nous aurons…

— Pourquoi spécialement le VIe arrondissement ? questionna Combes, auquel Massac avait demandé conseil en matière d'enquêtes lointaines que la police locale n'avait pas l'habitude de traiter.

— Le domicile dans lequel le sieur Jousquel prétend avoir passé ces trois mois est situé rue de l'Ecole-de-Médecine, mon cher maître, ironisa l'accusateur public. Puis-je continuer ? Bien. J'ai d'autre part recherché des témoignages locaux de témoins qui auraient pu rencontrer notre suspect à Villefranche : conducteurs de taxi, commerçants de la rue Saint-Jacques ou du quartier, employés de la gare.

— Des résultats ? interrompit Joseph de nouveau.

— Pas pour le moment, non. C'est un travail de longue haleine. Mais j'ai tenu à montrer que je suis de bonne foi : j'ai demandé au Caousou si un des anciens professeurs du jeune homme pouvait venir jusque chez nous pour nous parler du caractère et du comportement de son ancien élève... Le préfet des études m'a promis une visite très prochaine.

— Beau travail, opina Combes. Mais si tout ça ne donne rien, que conclurez-vous ?

— Je serai très déçu, mais je crois que je m'entêterai quand même pour la thèse de l'assassinat. Si le coupable n'est pas le jeune Jousquel, je creuserai à nouveau du côté des gens de Cénac.

Pour la première fois dans cette affaire, Combes et Battioli se regardèrent avec presque de l'amitié. Après tout, même s'ils n'étaient presque jamais d'accord, ils avaient toujours fini par collaborer efficacement.

— Pour ma part, avoua Joseph, je crois que vous vous trompez de coupable, mais que vous avez fait preuve de beaucoup de flair en refusant la thèse du suicide. Je pense comme vous que le scénario soi-disant établi par l'inspecteur Laforêt ne tient pas compte du caractère du vieux notaire et des constatations du médecin légiste sur le trajet de la balle qui l'a tué. Si l'assassin est prudent, nous aurons du mal à le trouver. Soyons optimistes. A nous deux, nous y arriverons.

Sans doute le commissaire était-il découragé sans se l'avouer. En tout cas, il se montra particulièrement ému par cette proposition de paix. Sans se lever de sa chaise, il tendit la main vers Combes.

— C'est une promesse, bégaya-t-il. A nous deux, nous y arriverons.

L'abbé Viollet, que le détective avait recommandé à Raphaëlle d'aller voir pour le faire parler de ses relations avec Aimé Parfeuil, ne paraissait en rien apte à lier une amitié durable avec un retraité sévère, petit mangeur, petit buveur, solitaire confirmé, aigri d'une sécheresse de cœur évidente.

L'abbé Viollet n'avait guère que trente-cinq ans et arpentait infatigablement les rues de Villefranche à la recherche d'âmes blessées à consoler. Sa silhouette courtaude, boudinée dans une soutane à mi-mollet, se rencontrait aussi bien sur le stade de l'AVR, l'Association villefranchoise de rugby à XIII, en conversation d'encouragement avec un trois-quarts aile rejeté par ses équipiers qu'attablée devant un demi bien frais au Café de la Poste en compagnie d'un peintre en bâtiment trompé par sa femme. L'achiprêtre qui dirigeait le chapitre de Notre-Dame l'avait affecté aux œuvres sociales, et l'abbé s'était fixé une devise idoine : « Ce n'est pas quand tout va bien que l'homme a besoin d'en demander plus à Dieu. C'est quand tout va mal. »

C'est par hasard, au cours d'une collecte de vieux vêtements chez l'habitant, que l'abbé avait rencontré le notaire retraité pour la première fois. C'était aux environs du mois de mai. Lequel des deux séduisit l'autre ? Mystère ! Toujours est-il qu'au début d'octobre, Viollet et Parfeuil passaient deux heures ensemble, trois fois par semaine, tantôt sur un banc du cours Saint-Jean, tantôt dans le petit appartement du 4, rue Saint-Jacques.

— Votre père était un homme remarquable, disait l'abbé à Raphaëlle Jousquel.

— Remarquable, peut-être, Mais il s'est montré particulièrement dur avec moi. Jamais un geste d'affection, ni après la mort brutale de mon mari, ni quand je lui ai amené mon fils André. Il ne l'a pas vu cinq fois en dix ans.

— Vous étiez pourtant dans toutes ses conversations. Ainsi que son petit-fils. Je me mêle de ce qui ne me regarde pas, mais il me semble qu'il vous a quand même montré son attachement en vous léguant tous ses biens ?

— Geste de notaire, qui croit qu'un morceau de papier remplace des années de tendresse et la chaleur qu'on attend d'un père.

— Dans votre style personnel, exigeant et intraitable, vous êtes-vous demandé si votre absence ne lui était pas insupportable ? Il m'a souvent parlé de vous avec une douloureuse nostalgie.

— Peut-être arriverez-vous à m'en persuader, monsieur l'abbé. Mais ce que m'a raconté sur lui et sur ses manies tyranniques la brave madame Théophile ressemble beaucoup plus au père que j'ai connu que toutes vos louanges.

Malgré l'amabilité qu'elle avait déployée, Raphaëlle était arrivée à bout de résistance. Elle se leva de son fauteuil de bois, prête à en vouloir davantage encore à son père, qu'elle accusait d'avoir honteusement joué le pauvre abbé pour s'en faire un témoin de moralité.

Debout à son tour, l'abbé Viollet fouilla dans la vieille sacoche de moleskine qu'il traînait dans toutes ses sorties. Il en tira un cahier d'écolier qu'il tendit à la nouvelle propriétaire des lieux.

— Ceci est le journal que votre père a commencé à tenir quand il a appris qu'il était malade, et condamné. Il me l'a remis au cours de ma dernière visite, en octobre, en me chargeant de vous le donner. Bien sûr, je n'en ai pas lu une ligne, mais je crois qu'en le parcourant vous trouverez matière à alléger votre rancœur et votre chagrin.

— Merci, je vous promets d'en tenir compte, dit Raphaëlle en jetant le cahier sur la table du bureau rustique, où l'ancien notaire n'avait gardé de sa splendeur qu'une paire d'encriers en bronze datant du premier Empire.

Cérémonieusement, elle le reconduisit à la porte de l'appartement, d'où elle le regarda, en souriant malgré elle, entamer prudemment l'escalier.

Une fois la porte refermée, elle ne souriait plus. Plantée au milieu du salon exigu, elle fixa longtemps avec rancune le cahier contenant les confessions ultimes d'un moribond... Puis se détourna de cette contemplation morbide. Elle alla jusqu'à la fenêtre qui donnait sur la rue, écarta un des rideaux de dentelle, empesé par madame Théophile, regarda le ciel d'automne, gris et menaçant, et décida de ne pas entreprendre les cinquante kilomètres, aller et retour, de la virée à Cénac qu'elle avait programmée.

Mais qu'attendait donc ce juge Massac pour innocenter André et autoriser maître Esbrillac à liquider la succession ? Cette inactivité forcée, loin du Rochefort où elle avait réappris à vivre, finissait par la rendre folle.

12

Il fallait croire que les fiches de basse police concernant les politiciens américains étaient mieux tenues que les notes périodiquement attribuées aux élèves de Sciences Po. Car la première commission rogatoire à être satisfaite fut celle adressée à Tallahassee. La réponse arriva sur le bureau de Massac le 15 novembre, ce qui constituait une sorte de record.

Les argousins locaux n'avaient relevé à l'encontre du jeune Jousquel qu'une courte mais violente scène de jalousie qui avait failli faire scandale au Sheraton de Miami. Le stagiaire français reprochant vivement à sa compagne Breustein sa disparition momentanée avec un des membres du staff. Cet écart de conduite avait attiré l'attention des services de sécurité, qui s'étaient attachés à la jeune femme, l'accusant d'avoir « la cuisse volante » (équivalent de « légère »), ce qu'elle avait prouvé en deux autres occasions.

Le stagiaire Jousquel avait réclamé lui-même son retour à Paris. Le chef de la sécurité regrettait par contre d'avoir eu à sévir contre mademoiselle Nathalie Breustein, dont le comportement n'était pas digne de l'école qu'elle ambitionnait de représenter.

Après une demi-journée passée en traduction et en exégèse, le juge convoqua ses conseillers habituels.

Comme il fallait s'y attendre, Battioli estima que ceux que son imagination appelait déjà « les amants sans remords » avaient très intelligemment organisé leur alibi en Amérique, puisqu'ils en étaient revenus assez tôt pour exécuter leur crime.

Combes, se basant sur l'appréciation du rapport américain, disait comprendre les réactions du fils Jousquel aux frasques de sa petite amie. Il y trouvait même l'explication de la lune de miel de trois mois, quand le garçon avait cru avoir reconquis sa belle.

Massac leva la séance sans vouloir trancher, et sans tenir compte des arguments de chacun.

— Nous n'avons rien appris de neuf, attendons la suite.

Attendre, toujours attendre !

La réaction de l'Ecole des Sciences politiques n'arriva qu'une semaine plus tard. Plus administrative, elle prévoyait du moins de façon définitive l'avenir des deux anciens élèves.

« Même si leur stage a été interrompu à leur demande, pour raisons personnelles, il semble évident que la véritable cause de cette interruption soit due à la conduite de Nathalie Breustein, jugée indigne par les instances du département d'Etat américain.

« En conséquence, cette élève sera présentée devant un conseil de discipline qui siégera le 28 novembre à 17 h 30 pour statuer sur une exclusion de l'école.

« D'autre part, l'élève André Jousquel, qui ne saurait être tenu pour responsable des faits, est invité à se présenter dans les meilleurs délais au secrétariat de l'école, rue Saint-Guillaume à Paris, pour paiement des frais d'instruction et de scolarité du premier trimestre 1981. Il devra en outre fournir au plus tard le 26 novembre 1980 à ce même secrétariat les éléments de réponse susceptibles de servir à la défense de sa compagne de stage. »

Cette fois-ci, il n'était pas besoin de traduction, mais il paraissait évident que les instances dirigeantes de l'école, malgré l'opinion sévère des Américains, souhaitaient trouver pour mademoiselle Breustein une sanction plus clémente que l'exclusion. Battioli, qui avait commencé par s'insurger contre le féminisme à rebours des Sciences Po, approuva le deuxième paragraphe.

— J'espère que ce petit salopard va blanchir au maximum sa compagne. Si elle est coupable, c'est seulement de s'être prêtée à cette manœuvre d'intoxication, destinée à justifier son retour en France.

Combes se contenta de sourire, et s'en remit au juge pour prononcer la sentence.

— Nous ne sommes pas plus avancés, regretta Massac. Je vous interdis à tous les deux de signaler au suspect la teneur de cette réponse de son école.

Mais je voudrais quand même avoir l'adresse actuelle de cette Nathalie et sa photo. Vous qui connaissez des tas de gens à Paris, dit-il en se tournant vers Joseph, ne pourriez-vous pas vous renseigner ?

— Il se trouve, dit Combes, qu'au cours de mon enquête sur l'accident du car de Belcastel[1], j'ai beaucoup apprécié le coup de main du commissaire du VIe arrondissement. S'il est toujours en fonction, je lui demanderai de joindre ce que vous demandez aux documents intéressant la commission rogatoire qu'il a reçue.

Au retour de ce coup d'épée dans l'eau dans le bureau du juge, Joseph, qui s'imaginait couver une mauvaise grippe, avait fait l'effort de remonter la rue de la République d'une centaine de mètres, jusqu'à la Maison de la Presse, dont les vitrines colorées et toujours modifiées exerçaient sur lui une sorte de fascination incompréhensible de la part d'un homme qui prétendait se méfier de tout ce qu'écrivaient journalistes, éditorialistes ou échotiers. Il s'arrêta sur le pavé, frissonnant sous l'autan aigre de mauvais augure, se demandant comme chaque fois quel titre il pourrait bien choisir qui entretienne sa mauvaise humeur. Comme chaque

1. Voir, du même auteur, chez le même éditeur, *Un week-end meurtrier*, 2009.

fois, de derrière sa vitrine, Barthes, qu'il appelait « le vendeur de papier », lui fit un signe d'appel de la main. Le vent semblait traverser sa vieille canadienne. Joseph entra et se soumit au cérémonial habituel :

— Bonjour, monsieur Barthes.

— Bonjour, monsieur Combes. Vos enquêtes marchent bien ?

— Pas plus que ça. Disons qu'elles somnolent. C'est bientôt l'hiver... Je ne sais pas quelle feuille de chou je vais vous acheter aujourd'hui.

— Aujourd'hui, dites, je vous fais grâce. C'est chez vous que loge ce jeune André Jousquel, le petit-fils du notaire Parfeuil ?

— C'est ça. Il est venu pour l'enterrement de son grand-père, et sa mère n'avait pas la place de l'héberger. Un charmant garçon, étudiant à Sciences politiques.

— Travailleur, ça se voit. Il m'a commandé un livre qui est arrivé hier. Pouvez-vous le lui apporter ? Dites-lui qu'il passera me payer quand il voudra.

— D'accord, si le vent et la grippe qui me guette ne me tuent pas avant que j'arrive chez moi.

Deux cents mètres après ces salamalecs d'usage, en arrivant chez lui, Joseph ne trouva à la maison que son jeune pensionnaire.

— Madame Combes et votre fille m'ont chargé de vous dire qu'elles renreraient à temps pour le déjeuner.

Visiblement, le garçon mourait d'envie d'avoir des nouvelles du courrier du juge, chez qui Combes n'avait pas caché qu'il se rendait.

— Nous n'avons toujours rien de neuf ; pour ma part d'ailleurs, je ne crois pas que Battioli ait jamais le sensationnel qu'il espère. Gardez le moral.

— Oh, dit André, j'ai confiance. Mais je ne peux m'empêcher de trouver le temps long. En attendant que la boîte me donne l'occasion de reprendre mes études, je travaille sur mon expérience américaine.

— Pour laquelle vous avez besoin de consulter un bouquin introuvable à Villefranche, non ? Il est arrivé hier et je vous l'apporte.

— Formidable, exulta le jeune homme en se précipitant sur le paquet, dont il arracha les ficelles.

Il continua en brandissant l'objet rare, du moins en Rouergue.

— Regardez-moi ça ! *De la démocratie en Amérique*, de monsieur de Tocqueville.

— Moi, vous savez, dit Combes, je n'ai fait que des études de gendarme. L'important est que vous puissiez travailler comme vous le souhaitiez.

Il souriait, un peu parce que son pensionnaire était content, mais surtout parce que ce contentement évident était la marque d'une bonne conscience.

C'est en sifflotant une vieille marche impériale dont il avait oublié les paroles que Combes, ayant laissé son compagnon remonter dans sa chambre pour y travailler, s'enferma dans le bureau de l'agence. Pour une fois, il décida de s'asseoir sur le fauteuil de cuir qu'il réservait d'habitude au suspect. Celui-ci y était toujours mal installé, sur la pointe des fesses, en pleine crispation. Joseph, lui, s'étalait dans le fond du siège où il disparaissait presque, dans un confort qui le fit ricaner. Il avait oublié sa grippe débutante quand il composa le numéro du commissaire du VIe arrondissement de Paris.

— Allô... Ici Joseph Combes, de Villefranche-de-Rouergue. Je ne sais pas si vous vous souvenez des services que vous m'avez rendus...

Oui ! Le commissaire s'exclama qu'il n'avait pas si mauvaise mémoire et ajouta qu'il était heureux de cet appel qui lui permettait de féliciter le héros de l'enquête sur l'accident du car de Belcastel, dont la presse parisienne avait rendu compte in extenso.

— Eh bien, reprit Joseph, il semble que nous ayons encore besoin de vous. Vous avez dû recevoir une commission rogatoire du juge Massac au sujet de la déposition d'un suspect, André Jousquel, qui affirme avoir séjourné trois mois, depuis août, dans une chambre d'étudiant des Sciences politiques, rue de l'Ecole-de-Médecine.

— L'histoire des deux tourtereaux ! Nous avons bouclé le dossier et il devrait déjà être parti. Nous les avons suivis à la trace, lui et la dénommée Nathalie Breustein. La vie quotidienne de deux amoureux à Paris, en vacances. Promenades au Quartier latin, visites régulières dans les bistros, toujours les mêmes, et à la boulangerie la plus proche. Nous avons même une photo, prise par un photographe ambulant qui leur a vendu deux tirages et promis de leur faire un agrandissement, qu'ils ne sont pas venus rechercher. La concierge confirme qu'ils n'ont pas quitté leur tanière avant la Toussaint. « A deux jours près, a-t-elle précisé, parce qu'ils sont partis à la cloche de bois. Ils devaient être fauchés. » J'espère, ajouta l'aimable fonctionnaire, que cette confirmation ne va pas bousiller votre enquête ?

— La mienne, pas du tout, mais celle de votre confrère de Villefranche, énormément. Il s'entête à croire qu'André Jousquel est coupable

— Coupable de quoi ?

— Du meurtre de son grand père, à la mi-octobre.

— Vous avez de la chance, en province ! Un beau crime ! Depuis mai 68, ici, nous n'avons que des monômes, des rixes de café, des vols à l'étalage et des accidents de la circulation.

Le dossier annoncé par le commissaire du VIe arrondissement n'arriva que le 24 novembre. Il contenait, outre une photo des deux jeunes gens sur le trottoir du boulevard Saint-Michel, devant la librairie Gibert Jeunes, la déposition de la concierge du 6, rue de l'Ecole-de-Médecine et une liste d'une quarantaine de commerçants, qui affirmaient tous avoir rencontré dans un étroit périmètre, limité au Dupont-Latin, à la fontaine Saint-Michel, la rue Saint-André-des-Arts, la rue de l'Ancienne-Comédie, la rue Monsieur-le-Prince et la rue Vaugirard, jusqu'à Louis-le-Grand, ce couple d'amoureux en vacances, aux allures de Vikings, qui suivaient tous les jours le même circuit, s'arrêtant au hasard des vitrines.

« C'étaient pas des étrangers, ils parlaient bien français », admettait un marchand de journaux du carrefour de l'Odéon.

« Ils s'arrangeaient toujours pour avoir envie de mes croissants », souriait une boulangère.

« Ces deux-là, un jour où il pleuvait, ils m'ont acheté un jeu de go. C'est rare de voir des jeunes comme ça pratiquer ce genre de sport », avait dit un marchand de la rue de Vaugirard.

« Sympas et pas fiers », disaient en chœur serveurs et serveuses du Dupont-Latin.

— Messieurs, avoua Massac à son aréopage en refermant le dossier venu de Paris, je crois que nous pouvons accepter désormais l'innocence d'André Jousquel. Des tas de braves gens affirment l'avoir vu tous les jours à Paris durant ces trois mois. Il ne pouvait donc pas commettre un meurtre en même temps chez nous.

— Permettez, risqua Battioli auquel la colère et la désillusion donnaient un teint de craie, mais qui nous prouve que l'homme qui a accompagné à Paris la fille Breustein pendant trois mois était bien André Jousquel ? C'était peut-être quelqu'un qui lui ressemblait, et que le vrai Jousquel avait payé pour jouer les figurants là-bas, pendant qu'il avait le champ libre ici ?

Derrière sa petite table, Cadaquès ne put retenir un bref ricanement

Combes et le juge se contentèrent de détourner les yeux en silence du spectacle de Battioli, qui s'était sans doute rendu compte du ridicule de son entêtement et qui s'acharnait à répéter :

— Je vous assure... un sosie, c'est très possible... J'ai vu, dans une autre affaire...

— Je ne sais pas quelle autre affaire vous croyez pouvoir évoquer, coupa d'une voix inhabituellement forte le juge Massac, mais je suis certain que l'enquête sur l'assassinat de l'ancien notaire Aimé Parfeuil change aujourd'hui de suspect. Si vous souhaitez, monsieur le commissaire, en conserver la direction, je vous prie de tenir compte désormais de mes seules directives en abandonnant vos chimères dignes du cinéma... Combes, vous m'enverrez monsieur André Jousquel, afin que je lui notifie la bonne nouvelle et la levée de son assignation à résidence. Je sais que maître Esbrillac est pressé de les revoir, lui et sa mère, mais il peut tout de même patienter trois ou quatre jours de plus. Je suggère que ce jeune homme parte ce soir pour Paris, où il arrivera à temps pour défendre Nathalie Breustein devant son conseil de discipline ? Le croyez-vous capable de revenir sagement la semaine prochaine ?

— Un garçon qui travaille avec monsieur de Tocqueville est prêt à toutes les sagesses, dit Joseph, emphatique. Il reviendra.

III

Numéro deux

13

Après que son innocence eut été officiellement reconnue, André Jousquel était parti pour Paris, afin d'essayer de défendre sa petite amie, qui devait affronter le conseil de discipline de l'Ecole des sciences politiques. Il avait promis de revenir à Villefranche, où sa mère l'attendait pour régler les dernières démarches de la succession du grand-père Parfeuil, décédé un grand mois plus tôt.

L'enquête concernant ce décès n'était pas close. Elle était seulement en sommeil. Un sommeil agité, Combes ayant parfaitement compris que Massac voulait lui confier cette enquête à titre purement privé après les piétinements stériles du commissaire. Ce matin-là, au cours du petit déjeuner familial, il avait confié à Claire :

« Je m'attends à une visite inopinée de Massac. Il ne sait pas comment me demander de faire le boulot de Battioli.

— Et que penses-tu lui répondre ?

— Je ne veux pas déclencher les hostilités avec notre brave commissaire. Je vais jouer par la bande, en lui suggérant de suivre mes conseils. Une offre de collaboration, en somme, qui lui laisserait toutes ses prérogatives. Pour le moment, je suis dans le vague. Autant que lui. Mais je suis sûr que la mort de Parfeuil aura une suite, très bientôt.

— Parfait, avait concédé Claire. Je vais aller rassurer Raphaëlle Jousquel, qui n'est pas sûre que son fils ne fasse pas une nouvelle fugue. »

Sans un mot, sa fille Clairette avait lâché un demi-croissant dans son bol de café, repoussé violemment son tabouret et foncé dans l'escalier, en s'accompagnant de glapissements.

« Il va falloir que j'explique la vie à Thi-Ba, constata paisiblement son père. Cette folle passion pour André le Blond n'a aucun sens.

— Ne t'en mêle pas. Peut-être ne pensera-t-elle plus à lui dans une semaine. Et même si l'idylle est un fiasco, tant pis. Débuter par un chagrin d'amour met du plomb dans la cervelle des filles. »

Pour bien montrer qu'il était venu en ami détendu et pas en magistrat solennel, Massac sonna à la porte d'entrée sans avoir annoncé sa visite par téléphone. Un pull-over ras du cou sous un blouson de lainage écossais confirmait cette volonté de simplicité, affirmée par la facilité qu'il mit à accepter un grand pastis, encore convenable en cette fin novembre clémente.

— Puis-je vous faire un aveu ? demanda-t-il dès la première gorgée. Cette histoire Parfeuil m'empoisonne. Je voudrais que vous m'expliquiez des tas de choses. D'abord, puisque nous avions le choix entre un crime et un suicide, que l'on eût compris étant donné la maladie galopante du défunt, pourquoi avez-vous choisi de privilégier le crime ? Comme Battioli ?

— L'Eglise n'aurait pas accepté un enterrement religieux et j'étais certain après réflexion qu'il y avait eu meurtre.

— Certain, pourquoi ? Je n'ai pas examiné longtemps le cadavre, mais la démonstration de l'inspecteur Laforêt m'avait paru probante.

— Moi, mon cher juge, tout comme notre commissaire qui est un vieux renard, quoi que vous en pensiez, j'ai longuement étudié le rapport du médecin légiste. Vous savez comme moi que ce digne toubib pond souvent des rapports elliptiques. Celui-là commence par cette phrase : « J'ai rarement eu l'occasion d'examiner un cadavre aussi propre. » Je suis allé demander au docteur Lotin ce qu'il entendait par là. Il m'a répondu, textuellement : « On aurait dit qu'il avait été lavé ; ni urine, ni déjections, ce qui est incompatible avec l'état des sphincters, déjà atteints par la maladie dont il souffrait. »

Massac tenta de digérer ces informations scatologiques.

— Ce qui veut dire, en clair ?

— Que quelqu'un a lavé le corps, sans doute après l'avoir abattu. Et pour en finir avec le rapport du docteur Lotin, il dit ne pas comprendre comment la balle tirée perpendiculairement au visage, verticalement redressé, a pu traverser le bas du cervelet alors qu'elle eût dû traverser l'arrière de la boîte crânienne. Voilà pourquoi je me suis rallié à la thèse du crime.

Massac semblait tellement en état de choc après ces précisions qu'il en avait oublié son verre, encore plein aux trois quarts. Il finit par avouer, presque à voix basse :

— Je comprends mieux l'entêtement de ce brave Battioli. Bien évidemment, les premières personnes à suspecter sont les membres de la famille.

— C'est là qu'il a disjoncté, à mon avis. Voilà comment je vois les choses. Appelons le meurtrier encore inconnu Samedi... Il a créé une situation qui attire ici les bénéficiaires de l'héritage de Parfeuil. C'est à eux qu'il va maintenant s'attaquer. Suivant qu'il sera patient ou non, nous devrons réagir très vite ou nous devrons attendre qu'il prenne son temps. Réfléchissons à la personnalité de ce Samedi.

— Il a certainement été mis au courant du testament, observa le juge, qui semblait reprendre goût à la vie en constatant que Combes avait une théorie toute prête. Par l'ancien notaire ou par le nouveau...

— Ce qui serait grave pour maître Esbrillac. Je penche plutôt pour une indiscrétion, une confidence ou une plainte, par exemple devant madame Théophile.

— Voyons, Combes, vous n'envisagez pas sérieusement que Samedi puisse être...

Joseph consentit à sourire, ajouta des glaçons dans les verres et fit un sort au sien.

— Je n'imagine pas cette digne vieille femme en manipulatrice d'arme à feu, mais elle était très capable d'entendre parler son employeur, qui lui aurait promis un legs confortable, et de faire état de ces espérances avec le goût des potins qui la caractérise. Elle est juste un exemple des multitudes de Samedi auxquelles nous devons nous attendre.

Après une lueur d'espoir, Massac était replongé dans un marais de doutes.

— En somme, vous croyez que l'assassin va ressurgir pour exploiter son premier succès.

— A nous de veiller au grain. Nous aurons au moins les mains libres du côté Battioli. Il va suspecter de plus belle les trois autres membres de la famille, la fille et les gens de Cénac !

Le juge était reparti, sinon rassuré, du moins avec une vue cohérente de la situation. Même s'il n'avait pas une confiance absolue dans l'existence du Samedi imaginé par Combes.

Celui-ci était satisfait d'avoir convaincu le juge de laisser à Battioli un semblant d'enquête, qui serait sans aucun doute stérile, à son avis. Mais il n'était pas aussi sûr de lui qu'il l'avait affirmé en ce qui concernait l'inconnu Samedi.

Il en était là de ses cogitations quand Claire revint de sa visite à Raphaëlle Jousquel.

— Je n'aurais jamais cru cette pauvre Raphaëlle capable de broyer du noir à ce point, se plaignit-elle en se laissant tomber sur le fauteuil de cuir. Déjà que l'appartement de son père, avec ses petites fenêtres, ses pièces étroites et son escalier poussiéreux, ne respire pas la joie de vivre, si l'on ajoute que je l'ai trouvée en robe de chambre, très chic d'ailleurs, et pliée sur un fauteuil minuscule en train de déchiffrer le journal tenu par papa Parfeuil pendant ses deux derniers mois, tu auras une idée de l'ambiance.

— Elle va bien ? A-t-elle vu l'abbé Viollet ?

— C'est lui qui lui a remis cette confession paternelle. Elle m'a dit que le ton des premières pages était si différent de celui de son père d'après ses souvenirs qu'elle a d'abord cru à une supercherie. Mais à présent, dit-elle, elle pense que la solitude d'abord et la maladie ensuite ont éclairé le vieillard sur sa brutalité et sa sécheresse de cœur.

— Ma foi, dit pensivement Joseph, je me demande si la lecture de cet acte de contrition ne me serait pas utile pour comprendre le caractère du Parfeuil deuxième manière. Il doit y avoir des recommandations sur la gestion de sa fortune nouvelle, sur ceux qui peuvent devenir des soutiens dignes de confiance, sur la façon d'utiliser Gaston et son bon à rien de fils à Cénac. Peut-être même sur la nécessité de consentir à des actes de charité. L'abbé Viollet a sûrement pensé à ses pauvres en poussant son ouaille au remords.

— Figure-toi que la pauvre Raphaëlle est tellement déconcentrée qu'elle m'a proposé d'en lire quelques pages. Malgré ma curiosité bien connue, j'ai protesté en prétendant que je n'avais pas à connaître les derniers conseils d'un père à sa fille. A mon avis, nous devrions attendre un peu avant de nous intéresser à la prose du vieux monsieur.

— Mais nous courons le risque qu'elle expurge, même involontairement, les renseignements qui pourraient nous être utiles !

— Alors, arrange-toi pour que ce soit Massac qui lui demande communication de ce journal. Je continue à croire que tu perdrais la confiance qu'elle peut avoir en toi si tu t'en mêlais.

Combes regarda sa femme avec le sourire qui saluait autrefois leurs discussions interminables. Claire avait gardé son enthousiasme. Voilà qu'elle considérait maintenant un juge d'instruction comme un pion qu'elle pourrait manipuler. Il fronça les sourcils en esquissant une fausse moue de contrariété pour la pousser à bout.

— Je vais directement prévenir Massac de l'intérêt que pourrait avoir pour son enquête à venir le document écrit par son père que lui a remis l'abbé Viollet.

14

La réponse ultra-détaillée du VIe arrondissement parisien et la levée officielle des soupçons concernant André Jousquel avaient atterré le commissaire Battioli. Il n'osait pas tout à fait espérer encore qu'il avait peut-être eu raison. En tout cas, son suspect numéro un était reparti pour Paris avec la bénédiction du juge et il était certain qu'à moins d'un miracle il allait devoir orienter ses recherches ailleurs.

Au premier étage, dans le bureau du patron, un calme trompeur régnait sur une réunion extraordinaire de l'état-major. Outre le maître des lieux, il y avait là, en rang d'oignons devant lui, trois inspecteurs, un inspecteur-chef et un lieutenant de police en tenue, qui avait, à tout hasard, déployé son effectif d'agents en patrouille aux quatre coins de la ville, avec des consignes de sévérité néfastes pour la tranquillité des automobilistes.

Le mutisme de ses subordonnés traduisait une attente inquiète du déclenchement des hostilités par le patron. Au lieu de quoi Battioli entama son homélie de la voix la plus douce qu'on lui eût connue depuis des lustres :

— Mes enfants nous allons devoir faire une révision totale de nos objectifs. Il semble que nous ayons fait fausse route jusqu'ici. Il me paraît évident que le mobile qui explique l'affaire est l'argent. On m'a toujours dit de soupçonner d'abord ceux à qui profite le crime. Les circonstances ont voulu que le premier à être mis sur le gril fût vraisemblablement innocent. Admettons ! Il nous reste encore trois membres de la famille, intéressés à l'héritage. Nous ne les avons soupçonnés que pour la forme, sans y mettre tous nos moyens ! Je veux que désormais tout le monde travaille là-dessus. On reprend l'histoire de la carabine soi-disant donnée à Aimé par Gaston. On cherche du côté du Farrou, ou des auberges de campagne plus éloignées, la présence possible pendant la période du crime de cette madame Jousquel qui était si remontée contre son père. On fouille les relations de ce bon à rien de Philippe. Bref, il faut faire flèche de tout bois. Avec précautions, car ces trois suspects possibles jouissent indûment d'un préjugé favorable du juge Massac. Avez-vous des questions sur ce qui pourrait être un début de piste ?

Les cinq hommes alignés devant lui se montrèrent d'abord surpris par l'honnêteté de l'exposé et par sa modestie. Ils ne s'attendaient pas à une demande d'aide de la part d'un patron habituellement plus tranche-montagne que coopératif.

Le premier à réagir fut le jeune Laforêt, premier apôtre de la thèse du suicide. Mais sitôt qu'il eut levé la main, Battioli, qui avait la rancune tenace, lui prouva qu'il n'était pas le sauveur attendu.

— Vous, mon petit Laforêt, ne cherchez pas à me faire croire une deuxième fois que votre cadavre s'est livré en solitaire à une gymnastique dangereuse. Etudiez plutôt les comptes-rendus du médecin légiste.

Laforêt se rassit, vexé.

— Pardonnez-moi, dit sans bouger de sa chaise l'inspecteur-chef Mabusinsky, mais j'ai peut-être relevé dans une déposition une précision qui pourrait devenir intéressante.

Battioli n'attendait rien d'autre de Mabusinsky qu'une demande de mutation pour pouvoir postuler au stage de commissaire de police. C'était un grand flandrin de Nordique, pisse-vinaigre et méprisant. Sur un coup de menton appréciatif, il continua :

— Si je ne me trompe, il y a eu une quatrième héritière, madame Théophile ?

Un éclat de rire général salua cette aimable plaisanterie. Mabusinsky toisa l'assistance d'un regard las.

— Puis-je vous expliquer ? Cette brave femme de ménage a dit, quand vous lui avez demandé quelles étaient les principales préoccupations de son vieux patron, ces derniers mois, je cite : « Trouver un véritable intendant pour faire renaître le domaine de Cénac. » Et elle a terminé, je cite encore, ainsi : « J'aurais dû lui dire que mon neveu Ferdinand Bourdas, qui vient de quitter le service d'un vicomte dans la région de Toulouse, est libre depuis le mois de juin. »

« Si vous supposez que la bonne femme de ménage a entrevu les possibilités d'une promotion sociale pour son neveu, maintenant qu'elle est l'employée de madame Jousquel, pourquoi Ferdinand Bourdas ne deviendrait-il pas le loup dans la bergerie ?

Personne n'avait plus envie de rire.

— On fonce !

— Pourquoi pas ?

— On y va !

— Bonne idée !

— Non ! cria Battioli pour rétablir le silence. On laisse son os à l'inspecteur-chef. Bravo, Mabusinsky, c'est exactement le genre d'observations hardies qui peuvent nous faire découvrir une nouvelle vision de l'affaire. Entendez une nouvelle fois madame Théophile, et tâchez d'avoir tous les renseignements possibles sur ce neveu. Et essayez de savoir si Théophile a parlé de lui à sa nouvelle patronne. Faites...

Au moment où il allait prononcer le mot « vite », un tumulte se déclencha au bas de l'escalier. Une galopade sonna sur le dallage, et plusieurs autres qui durent rejoindre la première à hauteur du bas des marches, un mélange de vociférations, de bruits et de chute. Battioli retrouva aussitôt sa voix la plus mussolinienne :

— Plassat, gueula-t-il au lieutenant de police en tenue, allez voir en bas ce qui se passe et mettez-y un peu d'ordre, crénom ! Et dites à vos sbires que je ne veux pas de passages à tabac, ajouta-t-il, sortant sur le palier en se penchant sur la rampe.

Ils n'eurent pas à attendre plus d'une minute pour voir déboucher sur le palier du premier étage une mêlée ouverte de rugby, une tempête d'insultes et de horions. Le meilleur technicien des agents plaqueurs réussit à immobiliser son adversaire, qui s'assomma sur la dernière marche et resta immobile, à plat ventre. Dans le silence enfin rétabli, on n'entendait plus que le souffle haletant des trois agents qui avaient participé à l'empoignade. Le commissaire, d'une voix chargée d'orage, secoua un bouton de la tunique de l'agent plaqueur.

— Alors, Massoubiau, qu'est-ce que c'est que ce foutoir ?

Massoubiau était d'habitude le chouchou de Battioli parce qu'il tenait brillamment le poste d'arrière au RCVR. Mais là, en service, il perdait un peu ses moyens. Il finit par expliquer :

— Nous venions de rentrer de patrouille sur le cours Saint-Jean quand nous avons vu ce salopard au volant d'une camionnette pourrie qui zigzaguait en se dirigeant vers le commissariat. On a voulu se mettre en travers mais il a écharpé Mingonnet, qu'il a envoyé par terre avant de péter son radiateur à l'angle du perron. Il est sorti de son clou en gueulant qu'il y avait eu mort d'homme ; juste quand nous arrivions au galop derrière lui, il a franchi la porte avant qu'on ait pu l'empêcher, et le reste, monsieur le commissaire, vous avez dû l'entendre comme nous.

Le rugbyman attendait, inquiet de savoir ce qu'il aurait fallu faire ou ne pas faire ; mais Battioli resta silencieux, puis il se redressa en souriant après avoir regardé le visage tuméfié du gisant :

— Emmenez-moi ça au lavabo et réveillez-le-moi avec une cuvette d'eau sur la figure. Ah, vraiment, tu disais qu'il y avait eu mort d'homme ?

Son ton était triomphant, comme s'il avait découvert la cachette du Graal.

— Téléphonez au juge Massac que nous venons d'arrêter Philippe Parfeuil et qu'il y a mort d'homme ! cria-t-il à la cantonade.

La communication fut rapidement établie par le planton, incapable de répondre à la question : « Qui est mort ? ». Après que le même planton eut annoncé que le commissaire était descendu voir le prisonnier dans les toilettes des cages, dix minutes plus tard le juge, qui avait pris le volant, stoppait devant l'hôtel de police, dans un grincement de freins qui fit grimacer Cadaquès.

— Alors, qui est mort ? aboya-t-il par la vitre ouverte en direction de Battioli qui se précipitait en bas du perron.

En arrière-plan, deux agents étaient occupés à installer le malheureux Mingonnet sur une civière.

— Un de vos hommes ?

— Oui. Il n'a été que blessé par ce sauvage, qui a foncé sur l'entrée avec sa camionnette-poubelle. Nous l'avons maîtrisé à l'intérieur. Il s'est réveillé pour déclarer d'une voix pâteuse : « Milledieu ! Papa s'est noyé dans la mare ! », et il s'est endormi. A l'odeur, il a dû avaler au moins un litre d'eau-de-vie de prunes à cinquante degrés. On n'en tirera rien de plus avant demain matin.

— Très bien, réfléchit le juge. Envoyez votre adjoint à Cénac avec deux agents pour garder la baraque. Je les ferai relever demain matin par la gendarmerie. Vous, vous venez avec nous pour aller repêcher notre noyé.

15

Pour l'arrivant, en cet après-midi d'automne, l'impression dégagée par Cénac était extrêmement paisible et rassurante. Avec un zeste d'élégance, peut-être dû à l'heureuse opposition de couleurs entre le blanc grisé du rond-point de gravier, marquant l'entrée du domaine, les murs du manoir badigeonnés d'ocre soutenu, et le toit de lauze d'un gris foncé presque noir. Les fenêtres étaient hautes et étroites, comme percées au hasard sans recherche de symétrie. La seule issue apparente était une large porte de bois plein, au pied de l'unique tour ronde, guère plus élevée que les murs de l'étage, qui veillaient en bastion au coin gauche de la construction.

— Il n'y aura personne, bien sûr, souffla le juge en stoppant sa voiture, à peine engagée sur le gravier. Savez-vous où se trouve cette mare dont parlait Parfeuil junior ?

Battioli mit pied à terre et tendit le bras avec autorité. Une longue jachère herbue où quelques bouquets de colchiques achevaient de se rabougrir descendait faiblement, sur trois cents mètres, jusqu'à un large foisonnement de joncs, dernier rideau de végétation avant le long décor noir de chênes dont les branches déjà défeuillues hachuraient l'horizon.

Il scruta le paysage, napoléonien comme s'il mettait au point sa tactique pour une prochaine manœuvre.

— Nous ferions mieux d'attendre Mabusinsky et son équipe. Nous seuls n'arriverons pas à découvrir le corps du père Parfeuil s'il est pris dans ces joncs.

— On ne va pas attendre ici que vos renforts arrivent, s'entêta le juge. Il fera nuit dans deux heures. Nous allons avancer au plus près, tous les deux. Mon greffier attendra votre équipe avec la voiture et nous l'enverra au plus vite.

— Ça ne va pas être du gâteau, ronchonna Battioli. Cette jachère a poussé depuis quatre ou cinq ans sur d'anciens labours ; le terrain n'est praticable qu'à pied.

— Ça ne nous fera pas de mal de faire un peu de sport, plaida Massac d'un ton allègre, avant de se mettre en route.

A bout d'arguments, le commissaire lui emboîta le pas, après avoir adressé à Cadaquès un geste désolé. Le greffier, qui n'était plus en âge comme autrefois de se passionner pour une enquête, l'encouragea d'un petit sourire et remonta dans la limousine, résigné à la perte de son après-midi.

Les deux excursionnistes avaient découvert avec étonnement l'arrière de la maison, où achevait de rouiller tout un parc d'objets abandonnés : tracteur à demi renversé, râteleuse édentée, charrues sans soc et de longs serpents de caoutchouc noir déchirés, qui avaient dû servir à entraîner des scies de long dont les lames ébréchées s'entassaient en buissons hostiles, aux trois quarts recouvertes par des touffes d'orties.

— Je comprends mieux, rêvassa le juge, pourquoi ces Parfeuil-là croulaient sous les hypothèques !

— Et encore, renchérit le commissaire, vous n'avez pas vu l'état de la pompe d'arrosage qu'ils avaient fait installer au bord de leur mare, là-bas. Le vieux Gaston m'a raconté qu'elle avait rendu le dernier soupir il y a quatre ans. A l'époque, d'ici aux joncs, ils cultivaient du maïs.

Massac hocha la tête, l'air désolé de constater ce qu'il hésitait à nommer incompétence, paresse ou malchance.

Battioli, qui n'avait pas la prétention de modifier la réputation des maîtres du domaine, unanimement reconnus comme incapables, toussota avant de proposer :

— Nous repartons ? Si vous voulez en finir avant la nuit...

La traversée des sillons inégaux qui se cachaient sous la végétation de l'ancien champ de sorgho, ronces rampantes, herbes drues, colchiques flétris, chardons et pissenlits géants, était difficile pour ces citadins. Cette petite jungle d'un demi-mètre de haut s'éclaircissait, le temps d'un pas ou deux, sur une motte de terre durcie. Leurs chaussures de ville se prenaient dans des crevasses, butaient sur des racines, s'accrochaient sous les ronces, mais, quand ils levaient les yeux, le rideau des joncs leur paraissait aussi lointain.

Quand enfin ils arrivèrent aux premières herbes hautes qu'une brise à peine sensible faisait tout juste frémir, ils s'arrêtèrent, au moment où se levait devant eux un vol de canards, fuyant vers les bois sombres.

— Ma foi, souffla le juge après avoir consulté sa montre, nous avons mis presque une demi-heure pour traverser ces deux ou trois cents mètres ! Vous m'aviez prévenu, mais je dois manquer d'entraînement.

Ils haletaient tous les deux en se retournant pour tenter de voir ce qui se passait de l'autre côté des toits sombres de Cénac que le soleil nappait de taches ocre.

— Il sera couché dans une heure, estima Battioli.

— On avance jusqu'à l'eau, décida Massac.

La chance était avec eux. Moins de cinq mètres plus loin, alors qu'il écartait, bras grands ouverts, les joncs flexibles, le commissaire buta sur un corps étendu à plat ventre.

— Qu'est-ce qu'il y a ? questionna Massac en butant à son tour sur le dos de Battioli.

— Je crois que j'ai trouvé notre noyé !

Gaston Parfeuil était indéniablement mort, mais sa fin avait sûrement été longue et pénible. A première vue, il était mort d'épuisement. Il avait sûrement aussi dû tomber dans la mare ; sa grosse veste de toile bise et son pantalon informe étaient encore ruisselants. La trouée qu'il avait laissée en rampant à travers les joncs bouleversés se terminait à trois mètres de là dans l'eau boueuse qui avait été le théâtre du combat qu'il avait dû livrer aux herbes et aux lentilles d'eau.

Le commissaire s'était agenouillé et se penchait sur le visage du noyé en ôtant de ses cheveux collés sur le front des herbes arrachées et des plaques de boue avec une tendresse inattendue. Il cessa soudain ces précautions en repoussant violemment le crâne de Gaston sur le tapis de joncs foulés.

— Le salopard, maugréa-t-il, il était soûl comme une bourrique. Il sue encore le pastis ! Il est tombé dans la flotte sans même s'en rendre compte.

Agenouillé à côté de lui, Massac hocha la tête.

— Sa veste a été déchirée dans le dos, voyez. Peut-être a-t-il été poussé, je ne sais pas, moi, avec une gaule ou avec un morceau de ferraille.

— Vous voyez de la ferraille dans le coin ?

— On cherchera plus tard, trancha le juge en se relevant. Pour le moment, j'aimerais surtout que votre adjoint et vos hommes arrivent : avec la nuit, fouiller le terrain va devenir difficile.

Mabusinsky et ses agents arrivèrent sur le lieu de la noyade, par un coup de chance, moins d'un quart d'heure après la découverte du corps. A peine, en pataugeant jusqu'aux genoux au milieu des lentilles d'eau, Battioli avait-il eu le temps de ramener au sec un piquet métallique de barrière, tout noir de rouille, qui s'était planté de guingois après avoir été lancé comme un javelot.

— J'espère que c'est avec ça que le vieux Gaston a été poussé dans l'eau, et que je n'ai pas effacé toutes les empreintes digitales !

— Bravo, le complimenta le juge. Puisque nous avons de quoi commencer l'enquête, nous devrions retourner à la maison. Entre chien et loup, ce ne sera pas une partie de plaisir.

— Oh, dit paisiblement l'inspecteur-chef Mabusinsky, j'ai pensé à prendre des lampes torches et, en cafouillant un peu au départ, j'ai découvert une piste à peu près plate qui contourne cet ancien champ de patates...

— Décidément, s'enthousiasma Massac, je vote des félicitations au commissariat de police... Que vos agents emportent la victime et guidez-nous vers le bon chemin. En route !

La procession s'organisa rapidement derrière la lampe brandie par l'inspecteur-chef, que suivait le juge, devant un Battioli toujours maugréant, son piquet de fer levé comme une lance. Portant les talons et les bras du cadavre, les deux agents tentaient de marcher à l'unisson, sans oser manifester contre le poids du corps qui leur glissait des mains. On eût dit, dans la pénombre qui virait à l'obscurité complète, une patrouille guerrière ramenant son blessé après un accrochage avec l'ennemi.

— Monsieur le juge, disait au téléphone le commissaire, dont la voix entrecoupée de quintes de toux affichait quand même un certain triomphalisme, je crois que, cette fois-ci, vous admettrez que Philippe Parfeuil est gravement compromis, pour ne pas dire plus, dans la mort de son père. Je résume.

Massac dut reconnaître que les soupçons à l'encontre du fils de Gaston ne manquaient pas. Exécutée la veille après-midi, alors qu'il dormait à poings fermés, une prise de sang l'avait doté d'un gramme sept d'alcool, explication de son comportement lors de son arrivée à Villefranche. Ce matin, réveillé aux aurores (huit heures !) pour interrogatoire, Philippe avait déclaré qu'il avait constaté la veille au matin l'absence de son père vers huit heures, et celle d'un fusil de chasse calibre 16. Il avait pensé que le vieux était allé tirer un canard à la mare ; il l'avait effectivement trouvé là, noyé dans moins d'un mètre d'eau. Il avait prétendu s'être saisi d'un morceau de ferraille qui se trouvait là pour haler le corps jusqu'au sec.

— Il aurait alors constaté que son père ne respirait plus, dit Battioli, et il est revenu à Cénac au grand trot pour demander de l'aide… Un premier examen des empreintes relevées sur le piquet que j'ai rapporté hier soir montre que celui-ci n'a été manipulé que par une seule personne, à mains nues. Pour un sauvetage tardif ou pour pousser dans l'eau un homme ivre ?

— Mais pourquoi votre Philippe ne s'est-il pas jeté à l'eau pour tenter de sauver son père ?

— Il dit qu'il ne sait pas nager et qu'on lui a toujours affirmé que la mare était profonde.

— Que fait-il à présent ?

— Il s'est rendormi. Pas encore dessoûlé.

— Faites-lui répéter cette déposition quand il aura récupéré tous ses esprits et je vous délivrerai une inculpation. Et tâchez de retrouver ce fusil calibre 16 que le père aurait emporté. Tant que vous y êtes, essayez de savoir à combien d'unités se monte le magasin d'armes des Parfeuil de Cénac.

— Peut-être ne saviez-vous pas que la ligne téléphonique avec Cénac avait été coupée pour non-paiement des trois dernières factures. J'ai pris sur moi de donner l'ordre à l'administration de rétablir la ligne au plus vite. J'espère pouvoir dès ce matin dire à Mabusinsky de rechercher dans cette fichue mare tous les éléments de preuves qu'il pourra trouver.

— Vous avez bien fait. Nous aurons besoin d'une liaison sûre avec les gendarmes que j'ai demandé à la brigade de Villeneuve d'envoyer sur place pour relever votre inspecteur-chef. Vous pourrez disposer de tout votre effectif pour votre enquête ici même. Pour ma part, je vais faire pression sur les Jousquel, mère et fils, dès que le jeune André sera revenu de Paris, pour qu'ils aillent officiellement prendre possession de leur nouveau domaine. Après tout, ils sont chargés d'en réorganiser l'exploitation. Je crois qu'il va falloir trouver de toute urgence un régisseur de confiance au domaine de Cénac.

— A ce propos, monsieur le juge, vous devriez attendre le retour de Mabusinsky. Quand l'irruption de Philippe Parfeuil nous a imposé une réaction immédiate, mon adjoint était en train de m'exposer une candidature louche d'un neveu de madame Théophile à ce poste de régisseur.

— Intéressant ! exulta Massac. Renseignez-vous sur cet individu. Nom, adresse, condamnations éventuelles, postes précédemment occupés et références, etc. Je ne prendrai aucune décision avant le retour du fils Jousquel, qui arrive demain matin.

— Bien vu, monsieur le juge. Nous sommes peut-être sur la bonne piste…

— Souhaitons-le, Battioli, souhaitons-le.

Et Massac ajouta une flèche du Parthe propre à replonger le malheureux commissaire dans l'incertitude :

— Surtout, mon cher ami, ne vous croyez pas obligé de venir accueillir l'héritier demain matin sur le quai de la gare. Je vous rappelle qu'il n'est plus un suspect.

Le téléphone reposé, le silence régna quelques instants dans le bureau du juge, qui souriait sous l'œil réjoui de Cadaquès. Quant à Combes, qui avait écouté, sans en perdre un mot, le compte rendu de Battioli, il affichait un air rêveur, et murmura :

— Ce Mabusinsky est certainement un bon flic. Il fait peut-être erreur sur la personne mais a au moins une idée sur le modus operandi du vrai coupable.

16

L'arrivée du train couchettes, parti de Paris-Austerlitz la veille au soir, en gare de Villefranche-de-Rouergue était traitée par le personnel local de la SNCF avec une absence de cérémonial indigne d'une sous-préfecture. Peut-être la raison en était-elle que le nombre de voyageurs qu'il transportait ne couvrait pas les frais de transport, peut-être aussi que débarquer en ce début d'hiver à cinq heures cinquante du matin dans une ville encore endormie ne prédisposait pas le client à une longue ablution dans des toilettes privées d'eau.

Ce jour-là, l'unique passager à bénéficier du soupir d'ouverture des portières était André Jousquel, qui montrait une petite mine sous ses cheveux blonds. Il sauta sur le quai, fit un demi-tour pour haler deux grosses valises de pensionnaire et se força à sourire en direction des trois personnes venues l'accueillir. Raphaëlle l'embrassa avec une fougue qui ne devait pas être habituelle. Combes lui tapota l'épaule avec l'émotion d'un oncle timide et Massac se contenta d'une poignée de main cérémonieuse.

— Vous n'êtes que trois, aujourd'hui ? Ce cher commissaire n'a pas jugé utile de venir me serrer dans ses bras ?

Un triple éclat de rire salua cette réflexion, qui traduisait pourtant une rancune tenace.

— Vous ne devez pas en vouloir à Battioli, dit Massac.

— Il fait son métier sans états d'âme, ajouta Combes.

Raphaëlle fut la seule à poser la question qui importait vraiment à son fils.

— Alors, comment s'est passé ce conseil de discipline ? Nathalie s'en est-elle bien tirée ?

Le train était parti, couvrant à moitié la voix maternelle. L'extinction de la seule ampoule éclairant le portillon de sortie déroba la grimace chagrine du jeune homme. Il soufflait sous le poids des deux valises et les posa aussitôt entré à l'intérieur du bâtiment de la gare. Hormis son service d'accueil, il n'y avait pas un chat, ni même un cheminot attardé. Il fit face, résolument :

— Je vais vous raconter une fois pour toutes le résultat de ce voyage éclair. Mademoiselle Breustein a reçu un blâme, qui ne lui interdit pas de poursuivre sa scolarité à Sciences Po. Cette parfaite garce a choisi de présenter ses turpitudes personnelles comme des accès d'une jalousie maladive de ma part, prétendant que c'était moi qui lui avais suggéré ses tentatives de séduction maladroites qui ont fait scandale. J'étais tellement écœuré de cette présentation des faits que c'est moi qui ai offert de démissionner, ce qui a été accepté par une écrasante majorité du conseil. Me voilà définitivement libre, disponible et vacciné. Et ne parlons plus de ce pénible épisode. Après tout, c'est ma vie.

Un silence accablé salua cette déclaration courageuse. Seule une nouvelle fois Raphaëlle osa murmurer :

— Seigneur ! Ton grand-père Jousquel va être furieux. Il était si fier de toi !

— J'espère qu'il comprendra. Je suis majeur, et je ne pense pas que le remboursement de mes frais d'études à Sciences Po posera un problème insoluble, puisque j'en aurai bientôt les moyens.

Ils restaient plantés dans ce bâtiment de gare vide, comme des voyageurs égarés descendus à la mauvaise destination.

Ce fut Combes qui, comme toujours, débloqua la situation.

— Nous n'allons pas continuer à discuter sur cette fin de carrière anticipée. Je crois que notre voyageur a davantage besoin d'un solide petit déjeuner que de commentaires. Ma femme Claire nous attend tous les quatre à l'agence avec un programme complet de café, de chocolat, de croissants, de tartines et de confitures. Et j'espère que notre ami le juge pourra nous donner des détails sur la deuxième affaire Parfeuil.

Massac ne montra pas à quel point l'agaçait cette habitude qu'avait Joseph d'être au courant de façon prioritaire des événements propres à remuer l'opinion.

— Ne vous inquiétez pas. J'attendrai que nous ayons rejoint votre chère Claire, qui est au moins aussi curieuse que vous, pour vous raconter comment Battioli et moi avons découvert hier en fin d'après-midi le corps noyé de Gaston Parfeuil et la part incertaine qu'aurait prise son fils Philippe à ce bain forcé.

L'amère déclaration du juge avait suffi à imposer silence aux passagers de la limousine, au moins jusqu'à leur débarquement devant l'agence Combes, dont Claire leur fit les honneurs, conduisant toute la troupe vers le salon au fond du couloir où elle avait installé toutes les agapes.

Raphaëlle ne manifestait aucun appétit, encore choquée par la déception sentimentale d'André autant que par sa démission, et plus encore par les menaces que sous-entendait cette nouvelle tragédie familiale.

Pour sa part, le jeune André ne semblait pas aussi affecté que sa mère par ses dernières déconvenues. Il faisait honneur aux douceurs qu'avait préparées Claire et semblait écouter avec attention le récit que Massac distillait avec une autosatisfaction évidente, n'omettant ni les chausse-trappes du vieux champ de maïs, ni l'aspect paisible des lentilles d'eau à peine éclaircies par le halage du cadavre, ni le retour au crépuscule sur la piste découverte par Mabusinsky.

— Je ne vous cache pas que le retour à Villefranche a été pénible jusqu'à la morgue, où nous avons confié notre colis au médecin légiste. Il m'a promis de me donner ce matin même le résultat de l'autopsie.

Combes ne put cacher un sourire réjoui.

— Vous avez trouvé le moyen idéal pour bousculer les lenteurs habituelles des légistes, monsieur le juge. Il faut non seulement que ce soit le juge d'instruction qui trouve la victime mais aussi que ce soit lui qui la remette à l'homme de l'art !

— Je ne vois pas ce qui vous paraît si drôle.

Massac avait l'air vexé et se vengea sur un croissant que les trois autres le regardèrent massacrer en trois bouchées. Il fit le même sort à une tartine de miel avant de se redresser.

— Ce qui importe surtout à présent, c'est ce que vous voulez faire de Cénac. Ou bien vous le mettez en vente, comme vous en avez le droit, ou vous y installez un régisseur bien choisi. J'ai cru comprendre, chère madame, que vous avez trouvé dans les tiroirs de votre père le journal qu'il a tenu au cours de ces derniers mois ; il avait peut-être des idées sur le personnel à mettre en place à Cénac ?

— Je n'ai pas retiré autre chose de cette lecture que la certitude qu'il avait beaucoup changé dans ses sentiments à mon égard. Et le testament que j'ai entendu lire m'a confirmé cette impression. Mais je n'ai trouvé dans ce petit cahier d'écolier aucun conseil précis sur ce que je dois faire, y compris pour tenter de relever Cénac.

— Si vous le permettez, monsieur le juge, réfléchit Combes à haute voix, je tâterai l'abbé Viollet, qui est à l'origine de la tenue de ce journal. Il y voyait sans doute matière à un examen de conscience nécessaire au vieux monsieur solitaire et aigri atteint d'une maladie incurable. Il est possible qu'il ait entendu citer un ou plusieurs noms de personnes capables de servir de régisseur à madame Jousquel.

— Bonne idée, Combes, décida le juge. Si notre amie accepte de vous confier momentanément le manuscrit de son père, étudiez cet opuscule avec l'abbé, qui nous précisera peut-être un détail permettant d'envisager une candidature. Maître Parfeuil était un homme avisé qui ne voulait pas imposer son choix à sa fille, dont il voulait reconquérir l'affection.

— Qu'en penses-tu, André ? demanda pensivement Raphaëlle. Après tout, tu es maintenant partie prenante dans cette histoire.

Le jeune homme n'avait pas prononcé un mot depuis qu'ils étaient tous entrés à l'agence. Il avait suivi la conversation en faisant honneur au petit déjeuner roboratif de Claire. Adossé au coin du canapé, il regardait ses quatre compagnons avec un air déterminé qui ne laissait aucun doute sur l'intérêt qu'il portait à la question.

— Puisque tu estimes devoir t'occuper de Cénac, mère, je crois que tu devrais suivre les conseils de monsieur Combes et de monsieur Massac. Pour ma part, je t'ai déjà dit que je ne voulais rien recevoir de ce grand-père autoritaire et borné qui t'avait exclue de sa vie. Nous parlerons héritage tous les deux quand j'aurai des enfants et que tu seras très vieille. Pas maintenant !

— Je ne suis pas certaine que maître Esbrillac se laisse convaincre, l'arrêta Raphaëlle avec un sourire attendri. En tout cas, je suivrai ton avis pour trouver un homme de confiance pour Cénac.

Elle fourragea un instant dans son sac et en tira un rouleau maintenu par un élastique, qu'elle retira. Tendant à Joseph le cahier mince et froissé, elle ajouta simplement :

— Tenez, monsieur Combes, voici ce que vous appelez l'examen de conscience de mon père. Je l'emporte partout avec moi, pour en relire une phrase par-ci par-là quand j'ai des doutes sur sa sincérité. Vous verrez qu'il commence par une phrase prononcée autrefois : « Tu n'auras plus rien de moi. » Cette phrase, qu'il avait dite le jour de notre séparation, je l'ai encore dans la tête, même si la lecture de ce cahier m'a chaviré le cœur.

17

Raphaëlle remonta à la rue Saint-Jacques, en passant par la cathédrale, où elle chercha en vain à rencontrer l'abbé Viollet. Claire se jeta dans sa chambre avec le journal d'Aimé Parfeuil en interdisant à Joseph de la déranger avant qu'elle ait fini de le lire. André regagna sa chambre provisoire en prétendant qu'il avait une nuit de sommeil à rattraper. Massac, ayant prétexté devoir passer à son appartement pour changer de tenue après avoir pris une douche, demanda à Combes de le rejoindre au tribunal à dix heures pour prendre connaissance du résultat d'autopsie qui serait sûrement arrivé. Combes, resté seul dans son bureau, n'était pas loin de penser que ses compagnons et compagnes avaient été généreux en lui accordant presque une heure de liberté pour réfléchir à ses problèmes. Aussi n'éprouva-t-il pas vraiment mauvaise conscience quand Thi-Ba le réveilla du petit somme qu'il s'était accordé dans le fauteuil de cuir. Il n'était que dix heures et demie. Le juge n'avait pas téléphoné ; le médecin légiste n'avait pas dû honorer sa promesse.

— Tu réfléchissais ? demanda ingénument l'arrivante. J'espère que vous m'avez laissé un croissant ou deux. André est bien arrivé ?

— Demande à ta mère. Elle lit dans sa chambre. Moi, je file au tribunal. Je suis déjà en retard.

— Vous arrivez juste à temps, dit Massac en accueillant Combes. Le médecin a mis plus longtemps que prévu pour m'envoyer son travail, mais il m'a dit au téléphone que j'aurais une surprise. Voyons ça, ajouta-t-il en brandissant une grande enveloppe.

Il en tira quatre feuillets dactylographiés et trois photographies de grand format qui tombèrent sur son bureau et qu'il négligea d'abord pour se consacrer à la lecture.

Dans un religieux silence, coupé de hochements de tête et de brèves exclamations incrédules, il passait un à un les feuillets du tapuscrit à un Joseph impatient qui les parcourait en diagonale pour en arriver plus vite à la surprise annoncée.

« L'aspect général du cadavre de quatre-vingt-quatre kilos pour un mètre soixante-cinq présente, outre l'aspect d'un séjour de près de vingt-quatre heures au maximum dans l'eau et de cinq heures au minimum... Après avoir constaté la vacuité de l'estomac, à l'exception de trente centimètres cubes de vin rouge, nous avons également noté l'absence totale d'eau dans les poumons... Ce fait excluant toute possibilité de noyade, nous avons procédé à un nouvel examen du corps, à la recherche de blessures non apparentes susceptibles d'entraîner la mort... Celle-ci a été provoquée par un coup de feu tiré vraisemblablement par une arme de poing, munition à petits plombs, après l'avoir introduite violemment dans la bouche comme en font foi les tuméfactions de la lèvre inférieure et les résidus de poudre brûlée sur la partie supérieure de la langue. »

Joseph reposa d'un air excité la page révélatrice :

— Nom d'un chien ! Quasiment la même blessure que le notaire. Ce n'est pas une coïncidence. C'est le même assassin. Cette fois, il s'impatiente et il déclare vraiment la guerre aux Parfeuil. Il va falloir protéger efficacement les héritiers.

— En tout cas, remarqua la voix tranquille de Cadaquès qui avait lu les feuillets par-dessus l'épaule de Combes, Philippe, le dernier du nom, sera protégé. Le commissaire Battioli va se faire un plaisir de le maintenir en prison pour outrage à agents, conduite en état d'ivresse et autres méfaits.

— C'est une bonne solution, estima pensivement le juge en laissant un sourire saluer l'évocation du commissaire. Mais Philippe Parfeuil restera en prison tant que Battioli ne sera pas certain qu'il n'a pas tué son père après son oncle.

— Vous ne pouvez pas croire une chose pareille. Philippe n'est pas très malin, c'est un ivrogne et un paresseux, mais il est incapable d'imaginer un scénario étalé sur plusieurs mois, en supposant qu'il accepte de se passer de son père, ce qui était pour lui impensable.

— Vous défendez les pauvres d'esprit trop aveuglément, cher ami. Laissez faire Battioli, je l'empêcherai d'aller trop loin. Vous, je vous fais confiance pour assurer la sécurité des Jousquel.

Pour rentrer paisiblement du tribunal, Joseph avait eu l'intention de musarder jusqu'à la collégiale Notre-Dame afin de se rappeler au bon souvenir de l'abbé Viollet. Mais à peine eut-il embouqué la rue de la République qu'il fut interpellé, devant l'éventaire d'un marchand de légumes, par un quidam visiblement hargneux :

— Macarel ! Qu'est-ce qui vous a pris de jeter en prison ce pauvre Philou Parfeuil ? C'était pas suffisant de lui avoir noyé son père ?

Combes crut se tirer de cette algarade en faisant un crochet pour gagner le trottoir d'en face. Il n'eut pas fait vingt pas qu'il fut hélé par une matrone en caraco noir qui se campa devant lui, les poings aux hanches et le visage enflammé.

— Alors, monsieur le soi-disant détective, après le tonton notaire et le vieux Gaston noyé, voilà que vous emprisonnez le malheureux Philippe. Qu'est-ce que vous avez contre la famille Parfeuil ?

Joseph écarta cette virago d'un revers de bras, non sans remarquer que la vox populi avait déjà relié les trois affaires. Il voulut continuer sa progression. Mais quand il parvint à hauteur de la devanture de la Maison de la Presse, il constata qu'un attroupement de quatre ou cinq personnes lui bouchait la rue. C'en était trop ! Son sang d'adjudant-chef bouillant dans ses veines, il fit face et leva vers ceux qui l'attendaient une paume impérieuse :

— Si vous voulez me demander des comptes sur l'accident mortel de Gaston Parfeuil et sur l'incarcération de son fils Philippe, je n'en sais pas plus que vous, sinon que Gaston a été assassiné et que Philippe, d'après ce que le commissaire de police m'a aimablement appris au téléphone ce matin, a cuvé sa cuite d'hier toute la nuit au commissariat, après avoir gravement blessé un agent et accidenté sa camionnette. Pour des informations supplémentaires, adressez-vous aux autorités et foutez-moi la paix !

L'air déterminé de Combes et son exaspération visible avaient provisoirement réduit les trublions au silence. La voix tonitruante du père Barthes, sorti de son magasin au milieu de ses éventaires de journaux, acheva leur défaite.

— Cré nom d'un chien ! Où vous croyez-vous ? Vous pensez aider vos amis Parfeuil en faisant une émeute devant chez moi ? En vous en prenant à mon ami monsieur Combes, qui défend les innocents depuis plus de vingt ans chez nous ? Foutez le camp et rentrez chez vous, bande de bons à rien. Forts en gueule et rien dans la cervelle.

L'attroupement s'était déjà éparpillé que le libraire vendeur de presse grommelait encore quelques injures peu commerciales.

— Merci, dit Joseph en lui serrant la main. Je n'aurais jamais cru que cette famille avait autant d'amis.

— Faut les comprendre, répondit Barthes, sa bonne humeur vite retrouvée. Les gens d'ici, même le populo, aiment bien ces fils de famille qui vivent comme des miséreux, sans chiqué, qui ont un petit faible pour l'alcool et qui ratent tout ce qu'ils entreprennent.

— Puis-je donner un coup de téléphone de chez vous ?

— Allez-y. Vous ne désirez quand même pas que le commissaire envoie ses sbires charger la foule, ironisa le patron de la Maison de la Presse.

Combes sourit.

— Au contraire, je veux le prévenir de ce qui s'est passé, afin qu'il ramène l'incident à un mouvement d'humeur de quelques personnes. Avoir l'air de s'y intéresser serait le plus sûr moyen de grossir le mouvement.

— Je savais bien que vous étiez un sage, apprécia le marchand de nouvelles.

La situation avait insensiblement évolué grâce à quelques indiscrétions issues, comme toujours, de personnages bien informés. En tout cas, lorsque Joseph arriva devant le commissariat de police, dont le perron portait comme une blessure béante les marques de l'accident qui avait arrêté la charge meurtrière de la camionnette de Philippe Parfeuil, un attroupement d'une vingtaine d'individus semblait, au bas des marches, balancer entre le statu quo et l'abordage du bâtiment, pour l'instant défendu par deux policiers, déployés au ras de l'entrée principale. Il ne faisait aucun doute que les choses tourneraient mal si la pression extérieure se maintenait.

Déjà, Joseph continuant à avancer, sourire crispé aux lèvres pour masquer sa colère rentrée, quelques apostrophes assez cavalières vinrent saluer le représentant reconnu de l'autorité.

— Hou ! Voilà la police secrète !

— Dehors la Gestapo !

— C'est une honte. Parfeuil est innocent !

Combes ne faiblit pas et ne s'arrêta qu'au contact du premier rang, qui faisait bloc pour lui interdire l'entrée du commissariat. Ils étaient dangereux mais hésitaient encore à faire usage de leur nombre. Peut-être ne demandaient-ils qu'à être entendus, et rassurés sur le sort de leur minable héros ? Profitant du silence tendu qui s'était installé, Joseph leva vaillamment la main.

— Vous me connaissez bien, depuis plus de vingt ans, et vous ne pouvez pas prétendre que j'aie, une seule fois, arrêté ou fait arrêter un innocent. Alors, si je vous dis que je viens apporter au commissaire Battioli les preuves que Philippe Parfeuil n'est pas coupable de l'assassinat de son père Gaston, pourquoi refusez-vous de me croire ?

— Je veux bien parier une tournée générale, dit un fier à bras dans la cohue, que Philippe ne ressortira pas de cette foutue taule en même temps que toi, gendarme ! Ni ce soir, ni demain !

Combes scruta avec un sourire reconnaissant la trogne mal rasée, dont quelques rires gras saluaient l'intervention.

— Puisque nous nous tutoyons, paraît-il, je te signale, mon bon Antonin Fabrégas, de Villeneuve, que je ne parie jamais avec ceux que j'ai mis autrefois en prison. Même si c'était il y a trente ans de ça. Philippe Parfeuil fera, comme toi à cette époque, peut-être un mois ou deux de prison pour conduite en état d'ivresse et scandale sur la voie publique. Tu t'en souviens bien ?

Cette fois les rires éclatèrent dans toute la troupe, cruellement amusés par la vivacité de la réplique.

— Allons, mes braves, continua le détective sur sa lancée, mieux vaut vous disperser que faire du désordre pour rien. Je propose que deux d'entre vous montent avec moi au commissariat pour entendre ce que le commissaire aura à vous dire quand je sortirai de chez lui. Qui vient… Toi, Fabrégas ? Avec un de tes copains ?…

Personne n'eut l'air d'accepter cette proposition. Au contraire, après un haussement d'épaules appuyé, destiné à sauver la face, le clan des Villeneuvois en colère tourna les talons pour redescendre le cours Saint-Jean vers le quartier des petits bistros, car c'était l'heure du casse-croûte. Le reste de l'attroupement acheva de se dissoudre vers les ruelles qui encerclaient la collégiale. Seul un vieux monsieur en complet suranné de cheviotte grise et panama à l'ancienne resta sur place, balançant la tête d'un air chagrin.

— Voyez-vous, monsieur, dit-il en écartant les pointes de ses moustaches blanches, j'ai autrefois bien connu Cénac où j'allais jouer avec Gaston et Aimé Parfeuil. Vous ne pouvez pas savoir combien l'éclatement de cette famille et la ruine du domaine m'ont navré. La mort brutale des deux aînés m'attriste et la seule idée d'en rendre responsable le malheureux Philippe me hérisse le poil. Je suis heureux que vous nous assuriez de son innocence. Merci encore.

Sur ce, le digne ancêtre souleva son chapeau de paille, fit sur place un demi-tour prudent et entreprit de regagner la promenade du Languedoc.

Combes resta seul durant plus d'une longue minute, à regarder s'éloigner d'une démarche hésitante ce témoin des jours enfuis qui illustrait si bien l'opinion du père Barthes sur l'affection qu'on vouait encore à ces bourgeois ruinés. Il soupira avant de se retourner vers le commissariat.

Il ne lui restait plus qu'à monter jusqu'au bureau de Battioli pour le convaincre d'abandonner l'accusation de meurtre dont il voulait charger le fils de Gaston. Qu'il ait tué son père de face, en lui tirant une cartouche à petits plombs après lui avoir entré un revolver dans la bouche était déjà difficile à accepter. Absolument incroyable pour tous ceux qui connaissaient les traits de caractère du père et du fils. Impossible d'admettre que Philippe, qui ne savait pas nager, eût pu porter le poids du cadavre de son père à cinq mètres du bord, là où le commissaire l'avait lui-même retrouvé ; trois mètres de fond, absence de courant, personne n'y croirait.

Combes ne pensait pas que Battioli osât s'entêter.

IV

Cénac

18

« “Tu n’auras plus rien de moi.” »

« Rappelle-toi cette phrase monstrueuse que je t’ai assénée il y a plus de vingt ans le soir où je t’ai remis l’héritage de ta pauvre mère en te souhaitant d’aller te faire pendre là où ton entêtement pourrait te mener. Pas un jour de tout ce temps je n’ai cessé de nourrir mon ressentiment et en même temps ma colère inutile contre ce garçon qui t’avait rencontrée par hasard, qui t’avait séduite sans l’avoir projeté, et qui n’avait à t’offrir que les risques d’un métier, qu’un veuvage précoce ou une retraite besogneuse.

« Je n’ai pas d’excuse de ne pas t’avoir offert mon aide quand le sort m’a donné raison, à la mort de ton mari, suivie par la naissance de ton fils. Je t’en ai même voulu davantage de ne pas envisager que nous pourrions reprendre à cette occasion des relations normales et de n’avoir voulu faire de cette présentation de mon petit-fils qu’une sorte de défi, en soulignant que l’éducation donnée par ton beau-père breton était sûrement préférable à celle qu'un petit notaire provincial pourrait lui offrir. J'ai stupidement continué, année après année et la retraite arrivée, à vivre en solitaire aigri et malveillant.

« Jusqu'à ce que, au mois de juin dernier, j'aie dû aller consulter la Faculté, à Toulouse. J'en suis revenu, après une semaine de visites, de professeurs, de radios et d'analyses, avec un diagnostic sans appel : cancer avancé du pancréas. Sans appel et incurable, qui ne laissait que six mois à vivre. Je serai mort avant Noël 1980. »

Claire cessa un instant sa lecture du cahier couvert par l'écriture fine et ordonnée d'Aimé Parfeuil. Comme avait dû le faire Raphaëlle, à en juger par la profondeur du pli de la couverture et du feuillet marquant la date de cette condamnation. Elle essaya de s'imaginer la force des sentiments venimeux de ce retraité terriblement solitaire, et se demanda ce qui l'avait convaincu de faire table rase du passé.

« Je ne sais quelle dame patronnesse a eu l'idée de m'envoyer, à mon retour de Toulouse, un consolateur remarquable, l'abbé Viollet. Nous avons eu, chez moi, une longue conversation. Je ne lui ai rien caché de mon désarroi. Il ne lui a fallu que trois visites, trois jours durant, pour me représenter que je ne retrouverais la paix, avant d'être appelé, qu'en oubliant ce qu'il nommait une brouille de famille. Il m'a remis ce cahier pour que j'y note mes progrès dans cette voie, sans rien cacher de mes hésitations, voire de mes reculades. Plus tard, au cours de ses visites hebdomadaires, il m'a parlé d'autres condamnés de la société ou de la médecine qui s'étaient d'abord insurgés avant de comprendre que le pardon de toutes les offenses est la seule voie du salut. »

Cette fois, Claire jeta hargneusement le cahier sur son traversin. Le style d'Aimé Parfeuil ne lui plaisait définitivement pas ; cette contrition à l'eau de rose lui paraissait douteuse, du moins quant à sa sincérité. Elle comprenait les hésitations de Raphaëlle à propos de cette étonnante conversion. En attendant le retour de Joseph du tribunal, elle rangea soigneusement le manuscrit de l'ancien notaire sur sa coiffeuse.

Joseph était revenu de ses actions antiémeutes du matin avec des sentiments mitigés, dont sa dernière passe d'armes avec le commissaire avait accentué le caractère insoluble et improductif. Battioli, pour une fois apôtre d'une intensive agitation, prétendait, puisque aucun nouveau personnage n'était intervenu dans l'affaire, qu'il fallait que les coupables fussent choisis parmi ceux que le sort lui avait mis sous la main, les Parfeuil et les Jousquel. Combes soutenait que le ou les coupables étaient des spécialistes auxquels les suspects de Battioli servaient ingénument de marionnettes. Il commençait à trouver que la cuisson de son brouet était un peu trop longue. Le meurtre de Gaston avait fait naître chez lui l'espoir que la situation allait maintenant très vite évoluer, mais il en doutait de plus en plus.

Ajouter à cette attente d'un assassin inconnu les fatigues de la journée et les mouvements de foule plus ou moins hostiles suffisaient à installer un certain désenchantement. Quand il arriva chez lui à midi et demi, il maudissait la terre entière ; mais il n'y avait personne à maudire : Claire et Thi-Ba étaient sorties en laissant sur l'ardoise de la cuisine un gribouillis qui devait signifier « Ne nous attends pas, nous déjeunerons dehors ».

Joseph ne se posa même pas la question de savoir si André Jousquel était sorti lui aussi. En deux coups de pied il se délivra de ses chaussures et s'abattit, soulagé, sur le lit conjugal vide. Ce n'était pas son jour de chance : juste sous son nez, sur le traversin de Claire, un cylindre achevait de se dérouler. Il ne l'avait vu que quelques minutes, ce cylindre posé sur la table du petit déjeuner, avant que Claire ne s'en empare. C'était le cahier rustique qu'Aimé Parfeuil avait acheté pour y noter les progrès de la conversion que lui recommandait l'abbé Viollet. Le détective fatigué trouva sa découverte particulièrement roborative. Assis sur l'oreiller qu'il avait destiné à une sieste réparatrice, il acheva de lisser de la main les feuillets déformés, qui gardaient le pli de l'élastique, et entama la lecture des dernières réflexions de l'ancien notaire.

« Tu n'auras plus rien de moi… »

Il s'interrompit aussitôt, immédiatement saisi par le procédé du vieux monsieur qui voulait persuader de son changement d'humeur en décrivant l'étendue de ses remords. En questionnant le destinataire de ce plaidoyer, il saurait si l'auteur avait eu assez de talent pour y parvenir. Ce qui l'intéressait, c'était le détail de la vie que le père repentant proposait désormais à sa fille.

Joseph tourna quelques pages sans les lire. Il aurait bien le temps de revenir sur le style du narrateur.

« Avant d'achever mon nouveau testament, souhaitant mieux connaître mon petit-fils, j'ai demandé de ses nouvelles récentes à ton beau-père Jousquel, dont la réponse ne m'a pas enchanté. Il m'annonçait, avec une froideur regrettable, que son petit-fils, élève de Sciences Po, devait cet été partir en stage aux Etats-Unis et qu'il ne saurait être question qu'il vienne passer quelques jours à Villefranche, comme je le proposais. Je pense que tu devras quand même représenter à ce monsieur Jousquel qu'il n'a pas à s'ériger en tuteur d'André... »

Intéressante, cette mésentente entre les grands-pères. Il conviendrait de poser quelques questions au jeune homme à ce sujet. Combes tourna quelques pages de plus.

« Je suis persuadé, même si tu ne souhaites pas t'y établir, que tu trouveras à la longue quelque intérêt à garder Cénac. Après tout, c'était le berceau de notre famille. Il ne faut pas juger le domaine sur son aspect actuel, plus que lamentable. J'ai réussi à racheter la grande majorité des hypothèques qu'a consenties le malheureux Gaston. J'en suis, sans qu'il le sache encore, redevenu propriétaire et peux légalement t'en assurer la possession. Je te demande seulement d'y héberger jusqu'à leur mort mon frère aîné et son fils

Philippe, auxquels tu trouveras bien une fonction qui ne réclame aucune responsabilité, je sais hélas qu'ils en sont incapables. Trouve-toi un intendant de bon conseil et honnête, qui saura entretenir les bois et qui pourra introduire dans les parcelles en culture des productions d'avenir comme sorgho, tournesol ou tabac. Garde-toi de vouloir élever du bétail, qui... »

Ces conseils agronomiques voulaient peut-être montrer à son héritière qu'il avait étudié la question mais laissaient Combes peu convaincu. Où l'ancien notaire avait-il trouvé l'idée que la terre du Ségala convenait au tabac ? Il hocha la tête et s'accorda une pause. Le cahier de contrition d'Aimé n'était-il qu'une tentative désespérée de renouer des liens brisés avec une famille à laquelle on offrait de l'argent, beaucoup d'argent ?

Il n'avait plus envie de se reposer ni de continuer à lire. Il se sentait frustré et amer, comme s'il venait d'entendre un avocat protester des bons sentiments de son client, coupable d'une cruauté mentale qui avait duré plus de vingt-deux ans.

Il y a des jours comme ça, où les acteurs d'une même aventure sont attirés au même endroit sans qu'ils aient projeté de s'y rendre. Ainsi en allait-il de l'agence Combes et Cie, qui vit arriver cet après-midi-là, dans un temps de grisaille de la Toussaint, deux groupes de visiteurs désireux d'en finir avec cette attente interminable qui ne satisfaisait personne, les

Jousquel, toujours campés loin de leurs bases, les Villefranchois, toujours privés de solutions dans leurs enquêtes.

Claire et Thi-Ba étaient allées, charitablement, enlever Raphaëlle à son triste décor et la ramenaient à l'agence où l'abbé Viollet lui avait donné rendez-vous par téléphone vers seize heures.

Le juge Massac, alerté par un message plus précis, annonçant la découverte d'un intendant possible pour la gestion de Cénac, arriva juste avant l'abbé, qui jouait les oiseaux de pluie pris dans le vent aigre, béret enfoncé sur sa tonsure et cape noire flottante.

Tout ce beau monde, regroupé dans le bureau du maître de maison, passé les politesses de retrouvailles, fit cercle autour de l'organisateur de cette réunion.

— Alors, l'abbé ? questionnèrent à l'unisson Combes et le juge.

— Eh bien, dit ce dernier d'une voix paisible qui ne semblait pas tenir compte de l'excitation générale, j'ai dû faire quelques recherches parmi les candidats éventuels, pour savoir s'ils étaient intéressés et s'ils étaient disponibles dès maintenant. J'avais déjà proposé quelques noms à maître Parfeuil avant sa mort et je me suis finalement arrêté sur celui qui vous donnera toute satisfaction en termes de sécurité et de technicité.

— J'imagine, monsieur l'abbé, que vous n'allez pas proposer un repris de justice, coupa Combes avec agacement.

— De toute façon, compléta le juge, nous ferons notre enquête sur le personnage.

L'abbé se permit un sourire compréhensif, mâtiné d'ironie.

— Par certains côtés, mon candidat pourrait vous paraître peu conventionnel, mais je ne crois pas qu'il ait le profil d'un tueur. C'est un Portugais d'une quarantaine d'années qui s'appelle José de Silvanera et qui a été moine dans un couvent de dominicains du Poitou, où sa technique dans les problèmes agricoles a été particulièrement reconnue pendant une bonne dizaine d'années, avant que son état de santé ne conduise le général de son ordre à le défroquer. Il vit petitement, maintenant qu'il est, affirme-t-on, parfaitement guéri, de travaux exécutés à la demande. Il serait disponible sous trois ou quatre jours.

Un lourd silence salua cette surprenante proposition.

Raphaëlle Jousquel avait marqué la première son étonnement, sans doute à l'idée d'embaucher un homme d'Eglise, fût-il redevenu laïque. Massac, en homme de loi, réfléchissait aux transformations possibles que le retour dans le siècle aurait risqué d'apporter au caractère d'un personnage éprouvé. Il fut le premier à interroger l'abbé, avec une prudence anormale aux oreilles de Joseph.

— Dites-moi, avez-vous déjà rencontré votre José de Silvanera, comme moine ou depuis qu'il est revenu parmi nous ?

— Je l'ai rencontré à Toulouse, où il allait s'enquérir d'un client occasionnel. Il m'avait alors fait part de son rêve de trouver un emploi fixe et j'avais parlé de lui à maître Parfeuil. Vous comprendrez sûrement que le cas de cet ancien frère d'armes m'ait paru digne d'attention.

Massac se tourna vers madame Jousquel.

— Seriez-vous prête à tester l'expérience si les renseignements que nous obtiendrons sur ce monsieur sont favorables ?

— Je suis tout à fait d'accord pour en finir au plus vite. Il va y avoir bientôt un mois que j'ai quitté Rochefort et mon travail au musée. J'ai hâte d'y retourner pour réfléchir à ce qui nous est arrivé.

— Parfait. Nous allons donc essayer votre poulain, mon cher abbé. Donnez-lui le feu vert. Que votre candidat vienne se présenter à mon bureau le plus rapidement possible. J'espère que l'évêché de Poitiers et le greffe de Toulouse auront une opinion aussi favorable que vous sur le passé du dénommé José de Silvanera.

19

Le principal problème qui, au cours des deux jours suivants, fut âprement débattu entre le juge Massac et le commissaire Battioli fut celui de l'enterrement de Gaston Parfeuil. De tradition, il intéressait aussi le maire de Villeneuve et les familles Parfeuil et Jousquel. Il s'agissait de savoir si Philippe serait autorisé à assister à la cérémonie avec ou sans menottes aux poignets.

Le provisoire pensionnaire de Battioli ne fut pas consulté. Bien que la cité de Villefranche n'eût pas voix au chapitre, presque tous les habitants y avaient une opinion bien tranchée ; les notables s'avouaient partisans de leur commissaire, qui allait jusqu'à refuser de libérer son prisonnier, fût-ce pour une heure. La question étant strictement judiciaire, ce fut finalement Massac qui l'emporta. Condamné à un mois de prison ferme pour conduite en état d'ivresse, violences contre la force publique et dégradation de bâtiment officiel, le sieur Philippe Parfeuil serait néanmoins autorisé à assister librement aux obsèques de son père, les gendarmes de

Villeneuve étant chargés du transport aller et retour entre la prison et le cimetière.

Tout le monde salua l'humanité de cette solution. On savait bien que l'accusé de Battioli n'avait pas tué son père. Le juge était assez satisfait d'avoir fini par convaincre le commissaire et plus encore son ami Combes, qu'il avait commis personnellement, pour la durée de la messe et celle de l'enterrement, à la stricte surveillance du prisonnier permissionnaire.

En arrivant à Villeneuve avec une bonne avance sur l'horaire prévu, Massac, qui avait proposé à Raphaëlle Jousquel de l'accompagner à la cérémonie, arrêta sa limousine habituelle dans la ruelle coincée entre le chef de l'église et le magasin à farine du boulanger local. Dominée par le haut édifice religieux sous une pluie battante, cette venelle sombre, où les habitants éloignés de la commune avaient l'habitude de parquer leur véhicule pendant la grand-messe du dimanche, était si sinistre que Raphaëlle demanda :

— Etes-vous sûr que nous n'avons pas rendez-vous directement au cimetière ?

— Vous oubliez l'absoute. Les gens du cru ne sont pas des pratiquants convaincus, mais ils auraient honte de quitter cette terre sans les prières réglementaires. Vous verrez qu'ils vont venir de tous les environs. Votre oncle était une personnalié locale.

Au même instant, une voiture américaine vétuste arriva sur le sol pavé et, sans doute par manque d'habitude, faillit emboutir le véhicule du juge avant de stopper in extremis... Personne n'en descendit pendant de longues minutes, jusqu'à l'arrêt du grain. La portière de l'américaine s'entrebâilla alors prudemment, puis en sortirent deux longues jambes vêtues de leggings de toile blanche bouclés sur une culotte de cheval de gabardine, blanche également.

Massac ne put s'empêcher de sourire.

— Etonnante tenue pour venir à un enterrement !

Le temps de cette réflexion permit à une haute silhouette enroulée dans une longue cape de se redresser et de faire le tour de la voiture du juge. Arrêté à hauteur du siège du conducteur, l'inconnu cogna d'un revers de main à la vitre fermée et se plia en deux pour offrir un visage accueillant, aux yeux vifs très noirs, aux joues creuses, encadrées d'un collier fourni de barbe grise.

Sur son siège, consciente d'avoir attiré, malgré la pénombre, le regard aigu de ce bel homme, Raphaëlle se tassa dans son baquet et baissa les yeux, comme si leurs regards, involontairement échangés, avaient été trop éloquents.

Vitre baissée, Massac s'était composé un air engageant, prêt à fournir un renseignement d'intérêt local à ce touriste sûrement égaré.

— Permettez-moi de vous demander si vous êtes bien le juge d'instruction Massac, de Villefranche-de-Rouergue. Quand je me suis présenté au tribunal il y a une heure, le greffier m'a prévenu que vous seriez ici pour assister aux obsèques d'un justiciable, et a bien voulu me donner le numéro minéralogique de votre véhicule. Je me présente : je m'appelle José de Silvanera, recommandé par l'abbé Viollet. Je tenais à me mettre aussitôt à votre disposition afin que vous me mettiez en rapport avec mon futur employeur...

Le léger accent indéfinissable du personnage n'empêchait pas de remarquer son aisance, qu'une certaine nuance de hauteur interdisait de prendre pour de l'obséquiosité. Monsieur de Silvanera tenait visiblement à ce qu'on se souvînt qu'il n'avait pas toujours été un quelconque ouvrier agricole.

Massac n'était pas aussi versé que son ami Combes dans l'art de mener à bon port une conversation, mais il était sensible aux nuances, et l'infatuation du candidat intendant ne lui échappa pas. Posément, il remonta sa vitre, dit rapidement à voix basse à Raphaëlle de ne pas bouger, ouvrit sa portière et sortit de sa limousine pour tendre la main au nouvel arrivant.

— Cher monsieur de Silvanera, je suis heureux de vous souhaiter la bienvenue et de vous remercier de votre diligence. Vous aviez demandé à notre ami l'abbé un délai de quatre jours pour vous libérer et vous voilà ici dès le troisième. Mais je me permets de vous conseiller, maintenant que nous avons fait connaissance, de remettre notre rendez-vous à cet après-midi, quinze heures, à mon bureau. Je vous présenterai alors à madame Jousquel, la nouvelle propriétaire de Cénac. Vous comprendrez aisément que le mort que nous enterrons aujourd'hui est monsieur Gaston Parfeuil, l'ancien propriétaire, et que cette espèce de passation de pouvoir risquerait d'entraîner dans l'avenir des relations difficiles, a priori, avec les amis fidèles du défunt.

Je suis certain que vous connaissez comme moi les rancunes infondées et les ostracismes qui régissent trop souvent nos campagnes.

Le sourire offert par l'ancien dominicain était très visiblement reconnaissant, alors que, redressé de toute sa taille – presque une tête de plus que le juge –, il serrait la main offerte.

— Je vous comprends parfaitement, dit-il. Il est inutile d'inventer des défis quand on s'installe quelque part sans y être connu. Je vais me dépêcher de rejoindre Villefranche. Je serai à votre bureau à quinze heures, s'il plaît à Dieu.

Dans une envolée de cape noire qui dévoila encore une fois les leggings blancs, José de Silvanera fit demi-tour, rejoignit son carrosse aux nickels défraîchis, démarra du premier coup, leva la main droite pour un salut courtois et disparut dans un virage risqué marquant la sortie du parvis de Saint-Sauveur.

— Mazette, remarqua pensivement le juge en revenant s'asseoir au chaud, voilà un gaillard qui porte fièrement le blanc et le noir de saint Dominique. Il a du style et pourrait bien se révéler l'oiseau rare qu'il vous faut.

— En tout cas, concéda madame Jousquel, il n'a pas l'air de quelqu'un qui se laisse marcher sur les pieds. Peut-être, s'il est aussi bon agronome que le prétend l'abbé Viollet, pourrais-je lui confier la formation d'André, pendant une année sabbatique, le temps de digérer sa déconvenue à Sciences Po.

Une demi-heure plus tard, l'église s'était peu à peu remplie. Sans doute le bourdonnement des conversations, passé les quelques minutes de recueillement déclenchées par la vue du catafalque et des maigres couronnes ou bouquets autorisés par la saison, pouvait-il sembler irrévérencieux. Il était pourtant, pour une large part, consacré à l'évocation de la vie qu'avait menée Gaston Parfeuil pendant quatre-vingts ans, sur le domaine de sa famille. Quelques assistants, venus de Villefranche, comparaient la cérémonie à venir avec celle qui avait salué le départ de l'ancien notaire, Aimé, l'exilé pendant plus de quarante ans. Les uns cherchaient à apercevoir celle qui conduisait officiellement le deuil, la fille du notaire et nièce de Gaston. Le chiffre de son héritage, révélé par des indiscrétions, courait dans les chuchotis, assortis de jugements admiratifs ou méprisants, mais tout le monde croyait savoir que les deux frères avaient été assassinés et commençait à aborder le sujet de l'incapacité de la police. Le nom du fils du mort, Philippe Parfeuil, figurait bien en première ligne du faire-part affiché sur la porte de l'église, mais personne ne l'avait revu depuis la noyade tragique de son père...

Aussi, quand des pas sonnèrent soudain sur les dalles de l'allée centrale, alors que l'impatience était à son comble, une bonne moitié de l'assistance se retourna. Il fut impossible de dire de quelle rangée de chaises monta crescendo le premier applaudissement. On se serait cru en Italie.

Les deux cents personnes présentes ovationnèrent Philippe, tout au long de sa remontée du chœur. Il avançait dans un état second, sans reconnaître qui que ce soit, pas même son accompagnateur Joseph Combes, qui l'avait pris en charge à Cénac, où il l'avait fait raser et enfiler des vêtements décents. C'est Joseph qui dut l'arrêter, en larmes, sourd apparemment aux manifestations scandées de la communauté. Encore Joseph qui le fit asseoir au premier rang, à côté du juge Massac, après avoir contourné le catafalque, qu'il sembla ignorer.

Le minutage avait été soigneusement étudié. Sitôt que Philippe fut assis, les premiers accords d'un harmonium poussif marquèrent le début de l'office religieux avec l'entrée du curé en chasuble noire, escorté de quatre enfants de chœur.

Sans doute après entente entre les autorités civiles et religieuses avait-il été convenu que la cérémonie serait le plus simple possible. Pas de cantiques, quelques phrases de l'officiant en guise de sermon, une longue rêverie du musicien chargé de l'animation, le rituel de l'encens autour du cercueil. Rien ne fit bouger le fils anéanti de sa chaise. Ce fut encore Combes qui le fit relever quand les six porteurs désignés vinrent prendre le cercueil, le soulever et le hisser jusqu'à l'épaule, puis le conduisit en tête du cortège qui suivit le corps à pas lents vers la porte ouverte où attendait le corbillard sous grand pavois.

Juste avant d'arriver aux trois marches qui débouchaient sur l'extérieur, alors que les porteurs piétinaient devant lui, Philippe, qui avait peu à peu repris contenance, marqua un temps d'arrêt et balbutia une question à l'oreille de Joseph.

— Qui est ce moine ? Je l'ai déjà vu quelque part, je ne sais plus où.

Combes ne jeta qu'un regard à ce religieux agenouillé dont le visage était penché dans une allure de profond recueillement. La longue cape noire ne laissait apparaître qu'une abondante coiffure grise.

Quand il réfléchit, bien plus tard, à l'incident, il fut incapable de se souvenir avec précision s'il avait remarqué une tonsure bien taillée sur ce crâne.

20

— Je vous ai vu ce matin au fond de l'église. Vous n'avez pas suivi mes conseils. Heureusement que personne ne pouvait savoir qui vous étiez, gronda Massac. Si vous avez entendu ce qui s'est passé quand le dernier des Parfeuil est entré dans l'église, vous avez compris ce que pensaient tous ces braves gens.

Assis face au bureau du juge, José de Silvanera, vêtu cette fois d'un simple complet de toile grise, sa cape noire pliée sur ses genoux, se permit un mince sourire, vite effacé :

— Vous aviez raison ! Pardonnez-moi. J'avais seulement pensé que je devais prier pour ce prédécesseur que je n'avais pas connu.

— Philippe Parfeuil, que je surveillais de près, m'a pourtant soufflé en sortant qu'il vous connaissait, sans savoir où il vous avait rencontré. Le juge avait raison de vous conseiller la prudence.

L'objet de tant de reproches se contenta de jeter un regard de commisération à ce petit sexagénaire que le juge lui avait présenté comme étant chargé de la sécurité de madame Jousquel. A peine avait-il retenu le nom de Combes, un petit fonctionnaire de province proche de la retraite.

La quatrième personne présente dans le bureau de Massac était restée silencieuse sans prendre parti. Raphaëlle avait seulement envie de régler au plus vite l'embauche de l'intendant séduisant qu'on lui proposait et de rentrer à Rochefort.

La voix de basse de l'ancien dominicain qui parlait d'un délai supplémentaire la tira de sa rêverie. Elle enchaîna sans se rendre compte qu'elle lui coupait la parole.

— Je pense en effet, monsieur, que vous aussi aurez besoin de visiter le domaine, de voir les travaux à faire et leur urgence, et de proposer un devis à peu près chiffré. Sans oublier de me dire à combien vous estimez vos services. Est-ce qu'une semaine est suffisante pour ce travail ?

— Ce sera un plaisir, madame, de travailler sous vos ordres. Je me permettrais seulement d'ajouter la rubrique main-d'œuvre, car, à mon âge, si je peux donner des ordres et en surveiller l'exécution, je suis physiquement incapable de les exécuter moi-même comme du temps de ma monastique jeunesse.

— Très bien, conclut Raphaëlle d'un ton directorial.

Massac et Combes avaient écouté cet échange, sensibles aux intonations et à la sécheresse gourmée des voix ; lequel des deux adversaires l'emporterait dans cette bataille pour l'autorité ? Le juge crut devoir s'interposer dans l'affrontement.

— Peut-être, dit-il, allez-vous perdre du temps à trop réfléchir avant de vous mettre au travail. Dans moins d'un mois, c'est Noël, et vous ne trouverez plus personne à embaucher jusqu'à Pâques.

— Ne vous inquiétez pas, monsieur le juge, pour le recrutement. Madame Jousquel veut s'absenter pour huit jours ? Rendez-vous ici dans une semaine. Y a-t-il actuellement quelqu'un à Cénac pour m'accueillir ?

— Oui, trois gendarmes de Villeneuve qui gardent la propriété contre les rôdeurs depuis la mort de monsieur Parfeuil père. Je leur ferai dire de vous laisser les clefs avant de plier bagage. J'irai vous voir demain ou après-demain en fin de matinée pour savoir si vous avez besoin de quelque chose.

Massac s'était levé très officiellement et tendait la main au nouvel intendant de Cénac. José de Silvanera déplia à son tour ses cent quatre-vingt-cinq centimètres, jeta nonchalamment sa cape roulée sur l'épaule et inclina cérémonieusement la tête devant le juge avant de prendre la main tendue.

— J'ai été très honoré que vous ayez trouvé bon de présider à mon engagement, monsieur le juge.

Un quart de tour et il s'inclina plus profondément devant Raphaëlle, qui ne lui accorda qu'un regard froid et un sourire crispé, et il se dirigea vers la porte en ignorant superbement le petit rond-de-cuir qui escortait le fils Parfeuil à la messe des morts.

Combes était pourtant le seul que cette sortie théâtrale avait amusé. Il se leva et alla lui aussi jusqu'à la porte du bureau pour tendre l'oreille.

— Vous voulez être sûr qu'il est parti, il vous impressionne ? demanda Massac, goguenard.

— Un peu, ma foi. Avez-vous reçu des renseignements le concernant ? C'est au moins un original, et s'il a été relevé de ses vœux pour maladie il faut avouer qu'il semble avoir recouvré la santé. N'est-ce pas votre impression, madame ?

— Franchement, dit Raphaëlle, il m'impressionne aussi et je ne suis pas certaine de vouloir le prendre à mon service. C'est un homme brillant mais incommandable.

— Pour préciser votre pensée, dit Joseph avec un grand sourire qui voulait s'excuser de l'indiscrétion commise, diriez-vous que cette grande perche correspond à votre type d'homme ?

— Que savez-vous du type d'homme qui me plaît, monsieur Combes ? répliqua leur interlocutrice en rosissant d'un début d'indignation.

— Pardonnez-moi. Juste une confidence de ma femme au sujet de vos préférences. Sans doute a-t-elle pensé que vous étiez du même avis qu'elle : la taille… le genre aventurier…

— Vous me prenez pour une tête de linotte. Je sais fort bien que vous attendiez l'arrivée d'un candidat à la gestion de Cénac en le soupçonnant des pires intentions à mon égard, et je serais une écervelée si je n'en tenais pas compte. Dites-moi seulement ce que je dois faire exactement.

— Partez à Rochefort comme vous le souhaitiez et revenez un jour ou deux avant le rendez-vous que vous avez pris tout à l'heure. D'ici là, je crois que vous ne risquez rien.

— Je le crois aussi, confirma Combes.

« Trouvez-moi le plus tôt possible l'abbé Viollet. Je veux bien croire tout ce qu'il nous a raconté sur son protégé, mais j'aimerais avoir quelques précisions sur le sieur de Silvanera. »

Il était difficile de faire admettre à l'abbé que son champion pût présenter quelques lacunes dans l'histoire mouvementée de sa vie.

— La décision du tribunal ecclésiastique le relevant de ses vœux pour une maladie inguérissable l'avait rendu amer. Mais quand je l'ai rencontré à Toulouse où il travaillait dans les aménagements du parc du Caousou, il m'a parlé plusieurs fois de l'abbaye de Ligugé, à laquelle son ordre portugais l'avait détaché pour exercer ses brillantes qualités d'agronome. Avant de penser à lui pour la relève de Cénac, j'ai pris la peine d'écrire au père prieur de Ligugé, qui m'a répondu de la meilleure grâce possible pour vanter les mérites professionnels de ce frère étranger dont l'absence avait beaucoup attristé sa communauté.

« Quand j'ai commencé à aller visiter monsieur Parfeuil, que sa maladie inquiétait fort car il se souciait beaucoup du sort de son frère et de sa fille, je me souviens de lui avoir parlé de Jesus da Silva, qui l'avait intéressé. Je n'ai malheureusement pas eu le temps de le convaincre avant son assassinat.

La démarche que le juge avait, à tout hasard, faite à l'évêché de Poitiers obtint des résultats, qui arrivèrent au courrier le lendemain matin. Massac, séduit par la clémence du ciel de novembre plus sec et plus tiède que d'habitude, décida d'aller dépouiller les nouvelles de Ligugé chez son ami Combes.

Encore une fois, ce malheureux avait été réveillé aux aurores, Raphaëlle Jousquel étant passée, quasiment en pleine nuit, pour emmener André à Rochefort. Le garçon, qui avait trouvé déprimant l'appartement de sa mère et inintéressant le studio où le fils Combes avait accumulé ses souvenirs de vacances, parmi lesquels des dizaines de photographies d'une certaine Josette, se montra enthousiaste à l'idée de ce voyage imprévu. La cérémonie du petit déjeuner avait retardé le départ et fort attristé Thi-Ba, puis les deux voyageurs étaient partis vers huit heures.

— Et maintenant, demanda Claire, que va-t-il se passer ?

Elle éclata de rire quand un coup de sonnette lui répondit.

— L'agence Combes va bientôt concurrencer la Samaritaine : il s'y passe toujours quelque chose.

Cette fois, c'était Massac, qui poussa la porte d'entrée en simulant la surprise.

— Déjà debout ?

— La belle Raphaëlle est venue chercher son fils à six heures et demie pour l'emmener à Rochefort. Ce petit voyage ne fera de mal à personne, ni aux Jousquel ni aux Combes.

— Ni aux Massac ! Ma femme m'a téléphoné de Toulouse qu'elle arrivait dans dix jours. J'espère que nous en aurons fini avec l'affaire Parfeuil et compagnie.

— Quoi de neuf ?

— La réponse de l'évêque de Poitiers. Je ne l'ai pas encore lue. Pas même ouverte. Je pense que vous m'aideriez beaucoup si nous l'étudiions ensemble.

— Puis-je rester ? demanda Claire.

De fait, Combes n'avait pas plus que le juge l'habitude de recevoir des dossiers établis par des ecclésiastiques. Celui-ci était dépouillé à l'extrême, comme si chaque rubrique avait été expurgée, avant d'être recopiée, après censure, sur un document d'archive.

La première pièce était une sorte d'ordre d'affectation, comme horticulteur-paysagiste, au couvent bénédictin de Ligugé du frère dominicain Jesus da Silva, jusqu'alors chef du secteur agricole de l'abbaye de son ordre en Algarve. Les raisons données à cette mutation exceptionnelle étaient, à en croire le document signé du 16 juillet 1954, d'ordre purement politique.

Neuf ans plus tard, le frère Jesus, décrit jusqu'alors comme résistant, professionnellement classé parmi les capables du moment, avait fait l'objet d'un premier voyage à l'hôpital Purpan, à Toulouse, où la Faculté avait diagnostiqué plusieurs anévrismes cardiaques et la nécessité d'opérations dangereuses nécessitant au mieux la cessation de toute activité.

La troisième pièce du dossier était une copie de la lettre de l'évêque alors en charge du diocèse de Poitiers, proposant que l'intéressé, désormais inutilisable, fût renvoyé à son abbaye d'origine au Portugal ; il avait été renvoyé, soutenu par les remerciements de toute la congrégation.

L'histoire n'en disait pas plus, mais le père abbé de Ligugé avait tenu à faire copier une courte lettre tapée à la machine :

« Mes révérends, je ne peux qu'accepter tout ce que m'octroie le Seigneur, que ce soit une guérison quasi miraculeuse aussi bien que la relève de mes vœux que la gravité de mon état m'a conduit à prononcer pour mon plus grand crève-cœur. Je vais retourner en France où j'espère pouvoir survivre en exerçant les dons que Dieu a bien voulu me donner et où je pourrai continuer, bien que laïc, à prier avec et pour vous.

José de Silvanera,

en religion, frère Jesus da Silva. »

— Indéniablement, ce garçon a eu de la veine de guérir. J'ai pensé comme vous, opina Massac en lisant cette pièce, mais maintenant me vient l'idée qu'il ne s'en est peut-être pas si bien remis.

— Peut-être même pas tiré du tout. Il est possible qu'il n'ait pas supporté l'opération. L'actuel Silvanera serait alors un faux ancien moine, un usurpateur du nom, un parent, un frère, qui a eu tout le temps de mettre au point une escroquerie à tiroirs pour capter l'héritage du vieux notaire.

Le juge rêvassa une longue minute.

— Comment confondre un personnage, manifestement brillant acteur, qui n'est pas celui qu'il prétend être ? Le Portugal est trop loin pour trouver avec qui le confronter en une semaine.

— Les derniers à bien connaître le frère Jesus sont les moines bénédictins de Ligugé. Demandez donc au père abbé s'il peut vous envoyer un ancien de son couvent, qui ait pratiqué notre miraculé il y a vingt-cinq ans. Nous l'emmènerons à Cénac et nous aurons trouvé la solution à une bonne partie de notre problème.

Massac était suffisamment enthousiaste pour admettre que les choses pouvaient tourner aussi heureusement, mais si rien ne venait confirmer que les deux Silvanera n'en faisaient qu'un, que deviendrait leur enquête ?

— Elle continuera jusqu'à ce que nous trouvions, et nous aurons le temps de voir renaître Cénac avec son nouvel intendant.

— Vous savez, Combes, nous risquons gros si nous nous trompons et si notre instigateur a su attendre trois ou quatre mois pour échelonner meurtres et escroqueries. La prochaine victime sera évidemment Raphaëlle Jousquel et il nous sera difficile de veiller sur elle vingt-quatre heures sur vingt-quatre.

Joseph sourit avec un angélisme qu'il était loin d'éprouver.

— Le brillant José ne m'a vu que deux fois. Ce matin à l'enterrement de Gaston à Villeneuve, où je tenais le coude de Philippe, et tout à l'heure dans votre bureau. En saisissant les regards méprisants qu'il me jetait, je suis persuadé qu'il me prend pour un de vos obscurs subordonnés, pas très malin. Le fait de me voir demain à Cénac, au lieu de vous, lui donnera confiance.

« Je saurai fortifier cette confiance en posant des questions anodines, voire stupides, ou tellement retorses qu'il croira en comprendre le sens. Je suis prêt à recommencer trois fois cette semaine en graduant mes effets, de façon que monsieur de Silvanera n'ait plus aucun doute sur notre nonchalance coupable dans cette affaire et qu'il se sente en état d'appliquer son plan d'action. Une condition, tout de même : que Battioli refuse catégoriquement de recevoir le futur intendant et que ses inspecteurs soient muets sur les recherches successives que les deux meurtres ont entraînées.

— Très bien. Rendez-moi compte tous les soirs de l'avancement de votre intox. Dommage que je ne puisse pas assister à vos séances, je m'amuserais comme au Guignol.

— J'espère tout de même que madame Jousquel aura par la suite l'occasion de s'en amuser aussi, dit Combes.

21

Combes s'était dit que, s'il voulait paraître ce qu'il prétendait être, José de Silvanera passerait la plus grande partie de cette journée à renvoyer poliment le détachement de gendarmes chargés du gardiennage et à faire l'inventaire des objets de première nécessité dont il aurait besoin à Cénac. Il avait donc prévu d'aller tenir son rôle aussitôt après le déjeuner.

Il était prêt à se laisser surprendre, mais pas à constater que l'installation du nouvel intendant était déjà fort avancée. Sur la grande place de gravier, au pied de la tour ocre, deux véhicules étaient le centre d'une animation manifeste, un semi-remorque blanc chargé d'un tracteur en très bon état, pour autant que Joseph put en juger, et une camionnette également peinte en blanc que trois hommes achevaient de vider, transportant vers la porte ouverte du donjon un échantillonnage d'objets et de meubles utilitaires, chaises, lit de camp, réfrigérateur, paniers d'ustensiles de cuisine et de vaisselle, valises rebondies...

Combes, qui ne se souvenait pas d'avoir jamais vu autant d'activité au cours des années en passant devant l'entrée du domaine, stoppa sa petite voiture jaune et contempla cette agitation avec stupéfaction.

— On dirait un cirque qui s'installe... Même technique, même souci du détail. Notre jardinier voit grand !

Le « jardinier » le surprit encore en stoppant juste derrière lui sur la grand-route. Du coin de l'œil, il avait reconnu la voiture américaine décrite la veille par Massac et se montra raisonnablement étonné quand il fit mine d'identifier celui qui se penchait à sa fenêtre.

— Monsieur de Silvanera ! Je ne vous avais pas encore aperçu. Le juge Massac, empêché de venir vous voir, m'a chargé de venir aux nouvelles, afin de savoir comment nous pouvons vous aider à vous installer. Mais je vois que, sous ce rapport, vous êtes particulièrement bien organisé. Mazette ! Un tracteur flambant neuf, une camionnette de bagages et de meubles. Le juge ne savait pas à quel point vous étiez homme de ressources !

Sous le soleil qui montrait le bout de son nez, le géant penché à la portière éclata de rire et se déplia de toute sa taille.

— Oh, je m'étais douté que ce serait vous qui vous montreriez. Je sais qui vous êtes, monsieur Joseph Combes, ancien patron de brigade de gendarmerie, détective privé de réputation nationale ; aucun échec à son tableau de chasse. Tout le monde m'a dit grand bien de vous, de votre habileté et de votre honnêteté. Je suis heureux que vous puissiez convaincre les adversaires de ma candidature ; je sens une vague hostilité que je crois être due aux circonstances tragiques des décès qui ont endeuillé la famille Parfeuil. Je tiens à vous convaincre, vous, votre juge et surtout madame Jousquel, de ma bonne foi et de mon goût pour la réussite. Comme vous, je n'ai jamais subi d'échec, sauf dans ma vie religieuse. Sans doute Dieu l'a-t-il voulu.

Joseph remercia le ciel in petto d'avoir réussi à maîtriser le sursaut qui avait suivi ce défi à peine voilé.

— Sortez donc de votre charrette et suivez-moi, que je vous explique le fonctionnement de mon entreprise, dit-il en ouvrant la portière de Combes d'autorité. Depuis que je suis défroqué, j'ai fait quelques heureuses campagnes. J'ai une base arrière fixe, pas très loin de Toulouse, où je stocke mon matériel, qui me permet de fonctionner sans attendre les mises de fonds de mes employeurs. Par exemple, le tracteur, que vous croyez neuf et qui est déjà âgé de six ans, me permettra de ne pas me préoccuper du délai que m'impose madame Jousquel. En huit jours, il peut geler, et les labours n'attendent pas. Sans compter que…

Combes se dit qu'il n'avait plus à jouer au plus fin avec cet original, dont les manières, la façon de se vêtir et le ton supérieur l'agaçaient. Qui que soit Silvanera, vrai suspect ou faux coupable, insister dans la stratégie prévue avec le juge était totalement inutile. Il s'était laissé décramponner par le Portugais, qui continuait à marcher à grands pas en soliloquant. Aussi força-t-il sa voix, s'accompagnant d'un faux geste de regret :

— Pardonnez-moi ! Vous me raconterez demain comment vous arrivez à concilier les timidités de vos employeurs, les saisons, les impératifs de l'agriculture et la gestion de votre parc de matériel. Je ne peux m'attarder aujourd'hui. Demain, j'aurai plus de temps pour écouter la liste de vos besoins les plus urgents. Au revoir !

Il espérait avoir trouvé l'intonation juste entre l'air vexé et l'air condescendant.

Le candidat intendant n'en eut pas l'air spécialement marri et se contenta de poursuivre sa route vers sa corvée de meubles, en agitant joyeusement une main au-dessus de sa tête, pendant que l'envoyé de Massac regagnait sa « charrette », pour reprendre l'expression blessante de son hôte.

A peu près à la même heure mais à bien des kilomètres de là, la voiture des Jousquel s'apprêtait à quitter Uzerche, où Raphaëlle avait invité son fils à déjeuner. Elle n'arrivait pas à croire que la mort de son père et l'héritage inattendu allaient changer sa vie ordonnée et solitaire. Et surtout elle ne savait pas si elle devait s'en réjouir ou regretter son ancienne liberté. En tout cas, elle était heureuse que la mort de ce père autrefois détesté eût finalement ramené son fils auprès d'elle.

Mais les quelques semaines passées à Villefranche dans deux logements aussi différents d'ambiance que le triste appartement du notaire et la volcanique agence Combes n'avaient pas suffi à donner aux deux générations de Jousquel les mêmes projets d'avenir. D'où le déjeuner impromptu proposé et accepté à la halte d'Uzerche.

La qualité de la route et la prudence naturelle de Raphaëlle au volant, surtout par temps froid et brumeux, autorisaient une conversation décousue. André avait l'air pour une fois assez motivé pour aborder le sujet de ses amours, sur lequel il s'était montré jusque-là plus discret que ne l'eût désiré sa mère.

— Je dois t'avouer quelque chose concernant l'intendant que tu vas engager...

— Tu le connais ? Où l'as-tu rencontré ? Ce n'est pas un garçon de ton âge. Il est encore temps d'annuler, si tu as de mauvais renseignements.

— Calme-toi. Je l'ai un peu connu, quand il s'occupait du parc et du jardin des cultures vivrières du Caousou, il y a trois ou quatre ans. Nous faisions quelquefois des descentes sur son jardin de tomates. J'ai cru comprendre que nos braves jésuites l'employaient parce qu'il avait été défroqué pour maladie incurable. Si ce que raconte monsieur Combes est exact, il est guéri, complètement. Est-il toujours aussi amusant et original ?

— J'imagine qu'il n'a pas la même façon de s'habiller que Combes ou le juge Massac. Il paraît assez content de lui-même et décide volontiers de tout. Mais c'est ce qu'il faudra à Cénac pour se relever, tu verras. D'ailleurs je pense que ça te ferait du bien d'aller y passer quelques jours, quand nous reviendrons de Rochefort.

— Excuse-moi, mais je n'irai pas m'enterrer à Cénac, surtout avec ce grand escogriffe de Portugais.

— Pourquoi ? Puisque tu le connais déjà...

André haussa les épaules et bouda pendant une bonne dizaine de kilomètres malgré l'insistance de sa mère.

Quand il finit par céder, ce fut sur un ton si hargneux que Raphaëlle ne reconnut pas son fils.

— Si tu veux tout savoir, je dois à ce jardinier en rupture de vœux un chagrin d'amour particulièrement pénible. C'est lui, il y a trois ans, qui m'a présenté une soi-disant parente qui m'a laissé de marbre à ce moment-là, mais que j'ai retrouvée plus tard pour mon malheur à Sciences Po, puis en Amérique. Et quand je l'ai revue il y a quelques jours, elle a eu le culot de me dire que comme amant je n'existais pas comparé à celui qui l'avait initiée et vers qui elle est revenue, ton José de Silvanera. Tu comprendras sans peine que je n'aie pas envie de rencontrer une ancienne petite amie à Cénac.

— Es-tu sûr de ce que tu racontes ? L'a-t-elle retrouvé par hasard ?

— D'après ce qu'elle m'a avoué méchamment, elle n'a pas cessé d'être en rapport avec lui. Pourquoi ?

Raphaëlle ne répondit pas et se contenta de balbutier une vague explication sur les mesures qu'elle prendrait, taisant l'idée qui lui était venue en écoutant la dernière phrase de son fils. Elle n'ouvrit pratiquement plus la bouche pendant plus de deux heures, jusqu'à l'arrivée à Rochefort.

Mais le lendemain, après avoir conduit André jusqu'à la gare de La Rochelle où il avait déclaré vouloir prendre le train pour rejoindre son grand-père Jousquel et le tenir au courant des nouveaux événements qui avaient marqué sa vie, elle se précipita sur un téléphone public et fit le numéro de l'agence Combes.

Son compte rendu de la conversation en voiture avec son fils fut bref mais suffisamment compréhensible pour Joseph.

— Bien sûr, vous vous êtes dit que cette jeune femme, Nathalie Breustein, restée en rapport avec notre jardinier agronome, pouvait l'avoir averti de l'héritage intéressant de son ancien copain Jousquel du Caousou.

— Peut-être même l'a-t-il manipulée depuis plus longtemps, par exemple pour aiguiller les aventures américaines ?

— N'oubliez pas que votre père n'a su qu'il était condamné qu'en juillet. Avant, il n'était pas question d'héritage. De toute façon, nous n'avons que de vagues idées sur ce qui a pu se passer, même pas des soupçons. Revenez comme prévu à Villefranche et n'alertez pas votre candidat intendant. Je l'ai déjà vu à Cénac où il semble avoir pris les choses à cœur. Et téléphonez-moi un ou deux jours avant votre arrivée pour que je vous prévienne de l'évolution de la situation.

22

Le lendemain de ce coup de téléphone inquiétant, Joseph Combes décida de reprendre contact avec l'ambiance de Cénac. Après tout, malgré le flair qu'avait montré Silvanera à sa première visite, une deuxième visite en trois jours ne pouvait inspirer des soupçons précis. Le temps s'était mis au beau, même si un froid sec couvrait les prés et les quelques labours de gelée blanche. L'avantage sur la circulation automobile, raréfiée par les prémices de l'hiver, rendait Joseph euphorique. Il avait le sentiment que ces semaines écoulées allaient se dissoudre et connaître une fin heureuse. Si le candidat choisi par Raphaëlle se montrait ce qu'il prétendait être, Battioli reprendrait son enquête hasardeuse sur la mort du notaire. Ce serait sans doute long et probablement stérile. A l'idée de ces recherches sans succès, son ami et rival commissaire serait sûrement encore plus amer et plus agressif à son égard. Un sourire compréhensif lui vint aux lèvres, qu'il gomma en un éclair pour éviter in extremis la route de Figeac, à la sortie de Villeneuve. Il approchait de Cénac et se prépara aux surprises que lui avait peut-être préparées Silvanera.

— Ah, mon ami monsieur Combes vient me revoir ! Dois-je supposer que le juge Massac se soucie à ce point de mon travail ?

Fidèle à son élégance habituelle, l'intendant arborait une tenue de parfait gentleman farmer, culotte de cheval grise assortie à un pull-over à col roulé noir justifié par la température. Il venait de sortir par la porte de la tour ronde, restée ouverte. Il souriait, manifestement accueillant.

Combes entra aussitôt dans son personnage de fonctionnaire assistant dévoué du magistrat. Les bras levés, souriant lui aussi, il trottina en augmentant sa vieille boiterie d'Indochine.

— Moi, j'ai été tellement épaté par votre sens de l'organisation que je ne serais revenu vous déranger en pleine installation que pour un événement important, dit-il. Par exemple si madame Jousquel avait changé d'avis sur votre engagement...

Presque menaçant, mains aux hanches et redressé de toute sa taille, Silvanera avait changé de visage et de ton. Tout juste s'il ne porta pas les mains au col du pardessus de Joseph. Il se maîtrisa, pencha la tête pour regarder Combes dans les yeux et dit d'une voix sourde qui ne rappelait en rien la douceur monastique :

— Alors vous m'avez laissé me mettre au travail pour le plaisir, amener mon matériel, du personnel, pour rien ? je croyais n'avoir pas besoin d'une signature sur un contrat pour faire confiance à des gens comme vous ! Je porterai plainte, soyez-en sûr !

— Vous extravaguez, coupa courageusement Combes en ricanant comme s'il n'avait pas conscience qu'il risquait un mauvais coup. Vous faites patrouiller votre tracteur personnel pour faire bonne impression, mais vous ne pensez même pas qu'il vaudrait mieux vous occuper de préparer un logement décent dans la bauge qu'ont laissée les Parfeuil père et fils. C'était au moins ce qu'espérait le juge Massac en m'envoyant.

Le retour à la bonne humeur du Portugais fut aussi spectaculaire que son coup de colère. Il expliqua complaisamment :

— Pendant que ce fameux tracteur débarrasse le champ, que je destine à la culture du tabac, de toutes les souches et les saletés qu'y ont laissées des années un sorgho infect ou un maïs trop pauvre, je suis en train d'installer au premier étage de la tour un appartement douillet pour la propriétaire. Il faut que je la séduise pour lui faire accepter toutes mes prévisions financières.

Il éclata de rire en ajoutant, tout en se dirigeant vers la porte de la tour ronde :

— Il faut venir voir. Il ne manque que des radiateurs électriques que ma camionnette va me rapporter de Villefranche.

— Et je peux vous assurer, dit Joseph deux heures plus tard en rendant compte de sa visite au juge qui l'attendait avec impatience dans son bureau, que ce défroqué a préparé l'hébergement éventuel de sa propriétaire comme s'il envisageait un nid d'amour ou une suite de palace. Salon avec deux fauteuils profonds en velours tabac, sofa, table basse, télé, bibelots et cendriers en céramique ; le tout posé sur une moquette beige et éclairé dans les coins, toutes peintures refaites à neuf, d'après l'odeur. Une salle de bains apparemment neuve, couverte de miroirs, où deux ouvriers achevaient de poser un élégant carrelage, et enfin une chambre éclairée par une fenêtre donnant sur la campagne côté bois, où ne restent à mettre en place que le lit et une armoire à linge et à vêtements, le tout attendu avant trois jours.

— Si je comprends bien cette prodigalité, réfléchit Massac, madame Jousquel aurait séduit ce jardinier. Il va tout faire pour achever sa conquête. A nous de vérifier que les moyens utilisés seront légaux.

— En tout cas, affirma Joseph, je suis maintenant pratiquement certain que Silvanera connaissait le notaire. J'ai essayé de le mettre en colère et il a laissé échapper un projet pour Cénac concernant la culture du tabac. Personne dans le pays ne pense que le tabac fera la prospérité du coin, mais il se trouve que le vieil Aimé Parfeuil a écrit noir sur blanc dans son journal destiné à sa fille que le tabac pourrait faire la fortune de Cénac. Quelqu'un le lui a dit, forcément. Je crois que je vais essayer de me renseigner sur une entreprise de Saint-Gaudens baptisée « Forêt Noire ».

— Allons bon ! sourit le juge, égayé par la mobilité d'esprit de son protégé. Quel rapport y a-t-il entre le tabac et la Forêt Noire ?

Ce fut Cadaquès, le greffier, qui apporta la réponse en sortant triomphalement de sa réserve.

— J'ai vu ce matin une camionnette blanche stationnée de chez « Landit-Meubles » qui portait ce nom-là et qui était immatriculée en Haute-Garonne. J'ai gambergé en continuant ma route et j'ai pensé que « Silvanera » voulait peut-être dire « Forêt Noire ».

— Exactement ! le félicita Combes en riant.

— Brillant, constata, vexé, le juge Massac.

La réponse qu'obtint la gendarmerie de Villeneuve mandatée par le tribunal de Villefranche à la question posée à la mairie de Saint-Gaudens fut quasi immédiate. La société Forêt Noire, un établissement de la ville, était honorablement connue de l'administration locale, qui l'employait dans sa spécialité. Le directeur de la société était monsieur Silvanera, ancien citoyen portugais naturalisé français en 1965, agronome qui travaillait sur l'entretien des squares et jardins publics. Si le tribunal de Villefranche voulait des renseignements écrits, il obtiendrait une lettre de monsieur le maire confirmant la bonne opinion de la population de la localité sur la société Forêt Noire et sur son directeur.

— Eh bien, conclut Massac, voilà au moins des gens qui seraient surpris si vos soupçons se vérifiaient.

— Mes soupçons, comme vous dites, sont aussi les vôtres, dit Joseph. A moins que vous n'ayez changé d'avis, auquel cas j'aurai le regret de me retirer de cette affaire et de vous renvoyer aux éventuelles conclusions du commissaire Battioli. S'il arrive du moins à en formuler.

Le juge se précipita pour retenir Combes sur sa chaise.

— Combes, vous m'exaspérez avec votre susceptibilité ! Bon Dieu ! Vous ne voyez donc pas que je cherche désespérément tout comme vous une preuve de la culpabilité de cet ancien moine qui me permettrait de le mettre en état d'arrestation sans attendre le retour de madame Jousquel ?

Joseph se releva en souriant.

— J'espère que vous pardonnerez mon impatience, mais j'ai appris que les bons tuyaux s'obtiennent sur le terrain. Je vais partir à la recherche de l'abbé Viollet pour le cuisiner un peu.

L'abbé Viollet était introuvable dans toute la ville. L'archiprêtre de la collégiale, que Combes n'avait personnellement rencontré que deux fois, à l'occasion des communions solennelles de son fils et de sa fille, s'étonna de la virulence de ce laïque à réclamer au digne prélat un renseignement aussi anodin.

— L'abbé est chargé dans cette ville d'animer les œuvres sociales de la paroisse, ce qu'il fait à la satisfaction de tous. Je n'ai pas fonction de surveiller ses allées et venues. Encore moins de les transmettre à un détective privé.

Après cette très sèche fin de non-recevoir, inutile d'insister davantage. Planté sous le porche majestueux de la collégiale, Joseph hésitait sur la marche à suivre. Le seul homme qui pouvait encore avoir une idée sur la présence ou l'absence de Silvanera chez Aimé Parfeuil était son neveu Philippe, qui cuvait son éternelle ivresse dans la prison où l'attendait, un jour très prochain, une comparution immédiate pour insultes et voies de fait sur agents de la force publique.

Le commissariat n'était pas loin et il ne serait sûrement pas inutile de ranimer la flamme qui devait théoriquement brûler entre représentants de l'ordre. En échange de l'annonce de l'arrivée du Portugais à Cénac, auquel il convenait pour l'heure de ne créer aucune difficulté, et l'alerte dans laquelle il faudrait tenir les personnels du commissariat si les ordres changeaient, Battioli s'humanisa. Les annonces de son vieil adversaire et néanmoins ami lui permettaient de penser que cette enquête au-dessus de ses compétences trouverait une heureuse conclusion.

— Buvons au moins un petit pastis avant de descendre dans les cages.

— Cher commissaire, allons voir votre pensionnaire.

Philippe Parfeuil n'avait eu que deux préoccupations depuis l'enterrement de son père : qui était le moine qu'il avait vu prostré en prière dans l'église à la fin du service et où l'avait-il déjà vu auparavant ? Il se l'était subitement rappelé en accumulant des détails qu'il livrait maintenant en pleurant presque d'énervement et d'impatience.

— Ah, monsieur Combes ! Enfin ! Quand je pense que ces policiers de malheur refusaient de vous faire chercher. Je suis sûr que c'est important, j'ai reconnu ce personnage. Un très grand type tout en blanc qui se camouflait sous une grande cape noire, pour un peu je ne l'aurais pas vu. Il faisait largement nuit et j'avais un peu picolé, pour me donner le courage d'aller voir l'oncle, qui n'était pas un rigolo. Donc comme j'arrivais à la maison de l'oncle Aimé, j'ai buté dans ce grand fantôme blanc et noir. Il m'a mis la main à la cravate, j'en portais toujours une quand j'allais voir l'oncle. Votre espèce de moine m'a donc arrêté d'une main, m'a regardé sous le nez et m'a soufflé : « Philippe, si tu vas voir ton oncle Aimé, il te foutra dehors. Il ne veut pas te voir. » Comme je savais que c'était vrai, j'ai obéi et fait demi-tour. Voilà.

— As-tu demandé à ton oncle quel était ce drôle de visiteur ?

— J'ai pas eu l'occasion de poser cette question. L'oncle est mort la semaine d'après.

23

Il y avait à peine quatre jours que Raphaëlle Jousquel avait rejoint Rochefort. Elle téléphona à Combes au soir du quatrième jour.

— Il ne sert à rien d'attendre pour prendre une décision définitive pour Cénac. Le dossier que m'a donné mon candidat intendant me satisfait pleinement et je lui fais entièrement confiance pour le mettre en œuvre.

Il était difficile de paraître combattre cette nouvelle attitude en disant ouvertement :

— Attention ! Si vous allez sans protection dans la gueule du loup, le pire peut vous arriver ! Votre intendant a peut-être tué deux hommes…

La réponse était prévisible :

— Vos inquiétudes ne sont pas les miennes. J'ai confiance, je vous le répète. Je serai à Cénac pour conclure notre contrat demain soir. Que vous soyez ou non présent ne changera rien à ma décision.

— J'y serai, promit Combes. Avec une arme pour assurer votre défense, malgré vous.

Il était furieux, mais il l'entendit éclater de rire au bout du fil, avant de clore la conversation par une remarque acide. Presque menaçante.

— Vous oubliez que je suis veuve de guerre et, comme beaucoup de mes consœurs, en possession d'une arme encore utilisable !

Combes sacra devant le téléphone muet. Quelle mouche avait piqué Raphaëlle Jousquel ?

Intraitable lui aussi, Joseph, une fois son compte rendu fait le lendemain matin au juge Massac, n'avait rien voulu changer à son plan d'action. A dix-huit heures, il se posterait cinq cents mètres au-delà du carrefour de Cénac sur la route de Figeac, pour tenter d'intercepter la voyageuse. Attente prévue jusqu'à dix-neuf heures. A dix-neuf heures, il reviendrait sur la propriété en prenant conscience que les risques étaient accrus : Raphaëlle aurait programmé un horaire plus précipité et serait déjà dans la nasse quand il arriverait lui-même.

Tout juste avait-il accepté que le juge donne l'ordre à la brigade de Villeneuve de se tenir prête à intervenir aux limites du domaine en cas de coup dur.

Et maintenant, la nuit était tout à fait noire. Sept heures passées. Les prévisions ne laissaient plus place qu'à l'affrontement. Combes quitta la grand-route et, pleins phares, se lança sur la mare de gravier, éclairant a giorno une longue avenue blanche qui se terminait sur la porte ouverte de la tour ronde.

Deux silhouettes souriantes l'attendaient, debout côte à côte. José de Silvanera, en complet blanc, et Raphaëlle Jousquel, en robe à fleurs.

L'accueil avait l'air aussi chaud et cordial que le laissaient croire les sourires.

— Rentrons vite nous réchauffer au premier étage, dit Raphaëlle en prenant le bras de Joseph dès sa sortie de voiture.

— Vous n'avez pas eu peur de venir, j'en suis heureux, nous pourrons apurer nos comptes devant un bon apéritif ! annonça le Portugais d'un ton si manifestement travaillé que Combes eut tout de suite l'impression d'un danger immédiat.

Mais l'amabilité ne diminua pas quand ils furent dans l'escalier de la tour, pas plus que la chaleur, presque tropicale, qui les accueillit dans le petit salon que Joseph avait visité un jour et demi plus tôt. Seuls quelques aménagements de détail montraient que les lieux étaient maintenant habités, comme un gros bouquet de lis blancs à peine entrouverts dans un vase de terre cuite posé à même le sol. Cette mise en scène, manifestement due au sens du spectacle de l'intendant, eut au moins le mérite de rassurer le visiteur. Les hôtes, très décontractés, assis à côté l'un de l'autre sur le divan, faisaient face à Combes qui avait été confié à un fauteuil de velours, abrité des assauts par une table basse, hérissée de bouteilles, de verres et d'un seau à glace. Le premier temps des explications était arrivé. Celui de la confrontation viendrait certainement plus tard.

Les personnages se dévisageaient avec un sourire de façade un peu crispé. La première réplique de la pièce offerte à Joseph fut prononcée par Raphaëlle, avec une liberté de ton qui n'excluait ni pudeur, ni sincérité, ni profondeur des sentiments :

— Je dois vous avouer, monsieur Combes, que José et moi nous connaissons, je dirai intimement, depuis près de cinq ans, à la suite d'une de mes visites à mon fils au Caousou. Je ne cache pas que j'ai été attirée par sa prestance, son intelligence et l'élégance de son travail. Nous avons... sympathisé. Après tout, lui comme moi, nous étions libres ; et nous nous sommes retrouvés à chacun de mes voyages à Toulouse. Même après le départ d'André pour Sciences Politiques, pour le simple plaisir de sortir librement avec José. En juillet dernier, j'ai reçu à Rochefort la lettre de mon père, amère et furieuse, la première depuis quinze ans, m'annonçant qu'il était condamné par la Faculté. Je suis partie pour Saint-Gaudens, où j'ai demandé au seul ami qui me restait dans la région d'aller se renseigner à Villefranche auprès de mon père pour apprendre ce que je pourrais faire pour lui.

— Ne m'en dites pas plus, dit Combes, qui voulait donner l'impression d'être compréhensif. Mais, quand même, l'ancien état monastique de monsieur Silvanera ne vous a pas fait réfléchir ?

L'homme en complet blanc, qui avait écouté avec modestie la longue tirade de sa compagne, s'appuya sur les coussins du divan et éclata de rire :

— C'est mon frère, Jesus, qui était dominicain et qui est mort de consomption dans l'Algarve, voilà quinze ans. Nous nous ressemblions beaucoup, j'avais moi aussi fait des études d'agronomie. J'ai repris son personnage, en insistant sur des détails vestimentaires, et j'ai joué sur la charité chrétienne des pères abbés pour trouver du travail dans ma partie. Je n'ai fait qu'utiliser le passé de mon très cher frère... Vis-à-vis du beau sexe, je n'ai jamais prononcé un vœu que je doive respecter.

Commencée dans l'hilarité, cette sortie s'achevait dans une sorte d'exaspération dangereuse. Joseph se hâta de reprendre la parole en tentant de calmer un peu le ton. Il voulut s'adresser à Raphaëlle, mais le regard admiratif qu'elle fixait sur son idole déclarée laissait peu de chance d'en espérer un quelconque soutien.

— Sans doute avez-vous été révoltée par la rancœur qu'exprimait la lettre de votre père. Vous avez pu prononcer quelques phrases de condamnation, que votre compagnon aurait cru comprendre comme un appel au meurtre ?

— Parfaitement ! se précipita d'avouer la femme si longtemps chassée par son père. Je crois avoir dit, textuellement : « Plutôt que m'envoyer une dernière preuve de sa haine, mieux aurait valu qu'il meure, puisqu'il se prétend condamné ! »

— Je n'avais pas besoin de cet encouragement, interrompit violemment Silvanera. Je vous donne en mille ce que ce vieux salopard de notaire m'a proposé moyennant finance dès le lendemain du jour où l'abbé Viollet m'a présenté à lui. Il voulait que je trouve un moyen de tuer sa fille avant qu'il ne meure.

— Alors vous l'avez tué ?

— Non. J'ai décidé de passer à Villefranche le temps qu'il faudrait pour changer les projets de ce forcené. Je l'ai convaincu que la punition de la coupable serait bien pire si elle croyait hériter de sa fortune avant d'être condamnée pour assassinat. Il a trouvé l'idée réjouissante, fait le testament que je lui avais suggéré et écrit laborieusement ses pseudo-réflexions édifiantes destinées à Raphaëlle.

— Et ensuite ?

Tout à sa passion, le Portugais avait revécu cette période de manipulation d'Aimé Parfeuil avec une charge émotionnelle qui faisait trembler sa voix. Combes, qui se souvenait de deux ou trois fausses colères du personnage, était encore hésitant. D'un ton plus posé, presque solennel, l'intendant reprit en fixant Joseph :

— Avant d'échanger nos petits secrets, monsieur Combes, à ce stade de la conversation, quelles sont vos intentions ?

— Très simples. Recommander au juge Massac votre arrestation et celle de madame Jousquel pour les assassinats d'Aimé et Gaston Parfeuil, et accessoirement faire une enquête sur la complicité éventuelle de l'abbé Viollet.

L'accessoire incluant l'abbé surprit tellement les deux accusés qu'ils laissèrent Joseph se dresser et passer derrière son fauteuil en brandissant une arme de poing. Il tenait fermement son vieux P. 08 allemand et n'avait plus l'air d'hésiter.

Ce coup de force jeta Raphaëlle Jousquel décomposée sur son bout de divan, et dressa Silvanera de toute sa taille. Il riait en manipulant une minuscule carabine à plombs, presque un jouet. Il prit le temps de tourner la tête vers sa compagne en constatant :

— Tu vois, Raph, je t'avais bien dit qu'il faudrait en venir là. Monsieur Combes est trop imprudent.

Revenant à son adversaire, il persifla encore :

— Avez-vous déjà tué quelqu'un avec cette pétoire ?

— Une femme qui venait de tirer sur mon épouse et une bonne vingtaine de viet-minh, en Indochine. Et j'ai le bénéfice de l'allonge et de la portée. Pour me tuer, il faudrait m'enfoncer le canon de votre pétoire sous la langue. Merci de m'apporter l'arme de vos crimes.

A quatre mètres l'un de l'autre, les deux hommes appuyèrent sur la détente quasi en même temps. A cette distance, une dérisoire gerbe de fine grenaille vint mourir sur le dossier du fauteuil de velours. La balle du P. 08 fit éclater la rotule droite de José, qui s'écroula sur la table basse avec un hurlement.

— Madame, dit Combes qui savait se montrer persuasif, je me permets de vous conseiller encore : ne criez pas, ne bougez pas, remettez-moi gentiment l'arme que vous dissimulez dans votre sac et attendez les secours.

Revenu auprès du blessé dont le pantalon se nappait de rouge, il se baissa pour ramasser la carabine et jeta un regard cruel à l'intendant.

— Il faut pardonner mon manque d'entraînement, dit-il avec aménité. J'ai peut-être touché une artère. Au mieux, vous boiterez pour monter à la guillotine.

Epilogue

Il était onze heures passées lorsque Combes rejoignit son domicile. Il avait amené Massac voir le blessé, que le chirurgien devait être en train d'opérer. Ils n'en avaient pas tiré un mot. Raphaëlle Jousquel avait été confiée aux bons soins du commissaire Battioli, en attendant de partir vers la prison de Rodez.

Claire et sa fille se faisaient raconter par un Massac dithyrambique le compte-rendu que Joseph lui avait fait en ajoutant qu'il ne voulait plus penser à cette stupidité de bravade qui se terminait par du sang.

Clairette voulait savoir pourquoi l'assassin avait tué le vieux Gaston et n'admettait pas que le juge répondît que c'était seulement parce que l'enquête traînait en longueur.

Vers minuit, perdu dans ses pensées, Joseph, qui n'avait pas dit trois phrases en avalant un sandwich et trois pernods, sursauta en entendant sa femme refuser de s'associer à la condamnation morale de Raphaëlle Jousquel. Il regarda Claire sous le nez.

— Je ne veux pas que l'on reparle de cette poseuse ici ! Ce n'est pas mon type de femme !

Romans « Terres de France »

Jean Anglade
Un parrain de cendre
Le Jardin de Mercure
Y a pas d'bon Dieu
La Soupe à la fourchette
Un lit d'aubépine
La Maîtresse au piquet
Le Saintier
Le Grillon vert
La Fille aux orages
Un souper de neige
Les Puysatiers
Dans le secret des roseaux
La Rose et le Lilas
Avec le temps…
L'Ecureuil des vignes
Une étrange entreprise
Le Temps et la Paille
Les Ventres jaunes
Le Semeur d'alphabets
La Bonne Rosée
Un cœur étranger
Les Permissions de mai
Les Délices d'Alexandrine
Le Voleur de coloquintes
Sylvie Anne
Mélie de Sept-Vents
Le Secret des chênes
La Couze
Ciel d'orage sur Donzenac
La Maîtresse du corroyeur
Un horloger bien tranquille
Un été à Vignols
La Lavandière de Saint-Léger
L'Orpheline de Meyssac
Le Pain des Cantelou
Jean-Jacques Antier
Tempête sur Armen
La Fille du carillonneur
Marie-Paul Armand
Le Vent de la haine
Louise
Benoît
La Maîtresse d'école
La Cense aux alouettes
L'Enfance perdue
Un bouquet de dentelle
Au bonheur du matin
Le Cri du héron
Le Pain rouge
La Poussière des corons
Nouvelles du Nord
La Courée
Victor Bastien
Retour au Letsing
Henriette Bernier
L'Enfant de l'autre
L'Or blanc des pâturages
L'Enfant de la dernière chance
Le Choix de Pauline
La Petite Louison
Petite Mère
Françoise Bourdon
La Forge au Loup
La Cour aux paons
Le Bois de lune
Le Maître ardoisier
Les Tisserands de la Licorne
Le Vent de l'aube
Les Chemins de garance
La Figuière en héritage
La Nuit de l'amandier
Patrick Breuzé
Le Silence des glaces
La Grande Avalanche
La Malpeur
La Lumière des cimes
Nathalie de Broc
Le Patriarche du Bélon
La Dame des Forges
La Tresse de Jeanne
Loin de la rivière
La Rivière retrouvée
La Sorcière de Locronan
Annie Bruel
Le Mas des oliviers
Les Géants de pierre
Marie-Marseille
Michel Caffier
Le Hameau des mirabelliers
La Péniche Saint-Nicolas
Les Enfants du Flot
La Berline du roi Stanislas
La Plume d'or du drapier
L'Héritage du mirabellier
Marghareta la huguenote

Le Jardinier aux fleurs de verre
Daniel Cario
La Miaulemort
Jean-Pierre Chabrol
La Banquise
Claire Chazal
L'Institutrice
Didier Cornaille
Les Labours d'hiver
Les Terres abandonnées
Etrangers à la terre
L'Héritage de Ludovic Grollier
L'Alambic
Georges Coulonges
Les Terres gelées
La Fête des écoles
La Madelon de l'an 40
L'Enfant sous les étoiles
Les Flammes de la Liberté
Ma communale avait raison
Les blés deviennent paille
L'Eté du grand bonheur
Des amants de porcelaine
Le Pays des tomates plates
La Terre et le Moulin
Les Sabots de Paris
Les Sabots d'Angèle
La Liberté sur la montagne
Les Boulets rouges de la Commune
Pause-Café
Anne Courtillé
Les Dames de Clermont
Florine
Dieu le veult
Les Messieurs de Clermont
L'Arbre des dames
Le Secret du chat-huant
L'Orfèvre de Saint-Séverin
La Chambre aux pipistrelles
Paul Couturiau
En passant par la Lorraine
Annie Degroote
La Kermesse du diable
Le Cœur en Flandre
L'Oubliée de Salperwick
Les Filles du Houtland
Le Moulin de la Dérobade
Les Silences du maître drapier
Le Colporteur d'étoiles
La Splendeur des Vaneyck
Les Amants de la petite reine
Un palais dans les dunes
Renelde, fille des Flandres
Alain Dubos
Les Seigneurs de la haute lande
La Palombe noire
La Sève et la Cendre
Le Secret du docteur Lescat
Constance et la Ville d'Hiver
Marie-Bernadette Dupuy
L'Orpheline du bois des Loups
Les Enfants du Pas du Loup
La Demoiselle des Bories
Le Chant de l'Océan
Le Moulin du Loup
Le Chemin des Falaises
Les Tristes Noces
Elise Fischer
Trois Reines pour une couronne
Les Alliances de cristal
Mystérieuse Manon
Le Soleil des mineurs
Les cigognes savaient
Confession d'Adrien le colporteur
Le Secret du pressoir
Sous les mirabelliers
Laurence Fritsch
La Faïencière de Saint-Jean
Alain Gandy
Adieu capitaine
Un sombre été à Chaluzac
L'Enigme de Ravejouls
Les Frères Delgayroux
Les Corneilles de Toulonjac
L'Affaire Combes
Les Polonaises de Cransac
Le Nœud d'anguilles
L'Agence Combes et Cie
Suicide sans préméditation
Fatale Randonnée
Une famille assassinée
Le piège se referme
Gérard Georges
La Promesse d'un jour d'été
Les Bœufs de la Saint-Jean
L'Ecole en héritage
Le Piocheur des terres gelées
Les Amants du chanvre
La Demoiselle aux fleurs sauvages
Jeanne la brodeuse au fil d'or
Les Chemins d'améthyste

Denis Humbert
La Malvialle
Un si joli village
La Rouvraie
L'Arbre à poules
Les Demi-Frères
La Dernière Vague
Yves Jacob
Marie sans terre
Les Anges maudits de Tourlaville
Les blés seront coupés
Une mère en partage
Un homme bien tranquille
Le Fils du terre-neuvas
Hervé Jaouen
Que ma terre demeure
Au-dessous du calvaire
Les Ciels de la baie d'Audierne
Les Filles de Roz-Kelenn
Ceux de Ker-Askol
Michel Jeury
Au cabaret des oiseaux
Marie Kuhlmann
Le Puits Amélie
Passeurs d'ombre
Guillemette de La Borie
Les Dames de Tarnhac
Le Marchand de Bergerac
La Cousette de Commagnac
Jean-Pierre Leclerc
Les Années de pierre
La Rouge Batelière
L'Eau et les Jours
Les Sentinelles du printemps
Un amour naguère
Julien ou l'Impossible Rêve
A l'heure de la première étoile
Les Héritiers de Font-Alagé
Hélène Legrais
Le Destin des jumeaux Fabrègues
La Transbordeuse d'oranges
Les Herbes de la Saint-Jean
Les Enfants d'Elisabeth
Les Deux Vies d'Anna
Les Ombres du pays de la Mée
Eric Le Nabour
Les Ombres de Kervadec
Louis-Jacques Liandier
Les Gens de Bois-sur-Lyre
Les Racines de l'espérance
Jean-Paul Malaval
Le Domaine de Rocheveyre
Les Vignerons de Chantegrêle
Jours de colère à Malpertuis
Quai des Chartrons
Les Compagnons de Maletaverne
Le Carnaval des loups
Les Césarines
Grand-mère Antonia
Une maison dans les arbres
Une reine de trop
Une famille française
Le Crépuscule des patriarches
La Rosée blanche
L'Homme qui rêvait d'un village
L'Auberge des Diligences
Le Notaire de Pradeloup
Dominique Marny
A l'ombre des amandiers
La Rose des Vents
Et tout me parle de vous
Jouez cœur et gagnez
Il nous reste si peu de temps
Pascal Martin
Le Trésor du Magounia
Le Bonsaï de Brocéliande
Les Fantômes du mur païen
La Malédiction de Tévennec
L'Archange du Médoc
Louis Muron
Le Chant des canuts
Henry Noullet
La Falourde
La Destalounade
Bonencontre
Le Destin de Bérengère Fayol
Le Mensonge d'Adeline
L'Evadé de Salvetat
Les Sortilèges d'Agnès d'Ayrac
Le Dernier Train de Salignac
Michel Peyramaure
Un château rose en Corrèze
Les Grandes Falaises
Frédéric Pons
Les Troupeaux du diable
Les Soleils de l'Adour
Passeurs de nuit
Jean Siccardi
Le Bois des Malines
Les Roses rouges de décembre
Le Bâtisseur de chapelles

Le Moulin de Siagne
Un parfum de rose
La Symphonie des loups
La Cour de récré
Les Hauts de Cabrières
Les Brumes du Mercantour
La Chênaie de Seignerolle
Bernard Simonay
La Fille de la pierre
La Louve de Cornouaille
Jean-Michel Thibaux
La Bastide blanche
La Fille de la garrigue
La Colère du mistral
L'Homme qui habillait les mariées
La Gasparine
L'Or des collines
Le Chanteur de sérénades
La Pénitente
L'Enfant du mistral
L'Or du forgeron
Jean-Max Tixier
Le Crime des Hautes Terres
La Fiancée du santonnier
Le Maître des roseaux
Marion des salins
Le Mas des terres rouges
L'Aîné des Gallian
L'Ombre de la Sainte-Victoire
Brigitte Varel
Un village pourtant si tranquille
Les Yeux de Manon
Emma
L'Enfant traqué
Le Chemin de Jean
L'Enfant du Trièves
Le Déshonneur d'un père
Blessure d'enfance
Mémoire enfouie
Une vérité de trop
Louis-Olivier Vitté
La Rivière engloutie
L'Enfant des terres sauvages
L'Inconnue de la Maison-Haute
Colette Vlérick
La Fille du goémonier
Le Brodeur de Pont-l'Abbé
La Marée du soir
Le Blé noir

Polars de France

Alain Gandy
Un week-end meurtrier
Hélène Legrais
La Croix des outrages
Pascal Martin
La Traque des maîtres flamands
L'Ogre des Landes
Jean-Max Tixier
Le Juge de paix
Le crime était déjà écrit

Cet ouvrage a été imprimé en France par

CPI
Bussière

à Saint-Amand-Montrond (Cher)
en février 2010

N° d'édition : C 08006. — N° d'impression : 100480/1.
Dépôt légal : mars 2010.